すれ違う背中を

乃南アサ著

新 潮 社 版

9589

目次

すれ違う背中を

梅雨の晴れ間に

1

自分のつま先ばかりを見下ろしながら、緩いS字形に曲がっている急な坂道を下りて、ふと顔を上げると、灰色の景色の中で小さく鮮やかな色彩が、いくつも揺れているのが視界に飛び込んできた。狭い道の両脇《りょうわき》に立つ電柱をジグザグに結んで、プラスチックの花飾りが巡らされているのだ。串《くし》団子のように連なっているピンクや赤、緑色のホンコンフラワーが、一定の間隔をおいて紐《ひも》からぶら下がり、それが風にそよいで、ふら、ふらと揺れている。

天気さえよければこの色彩は青空に映えて、ずい分と華やいで賑《にぎ》やかに、また、いかにも日本らしい風景のようにも見えるに違いなかった。だが、今にも泣き出しそうな曇り空の下ではかえってうら淋《さび》しく感じられるばかりだ。

——冴《さ》えないってば、ありゃしない。

情けない気分で花飾りを見上げ、小森谷《こもりや》芭子《はこ》は思わずため息をついた。行きはよいよい帰りは怖い――今度こそと意気込んでアルバイトの面接を受けにいったと思ったら。昨日、電話を掛けたときには、先方の感じはとてもよくて、いかにも芭子からの連絡を喜んでいるような雰囲気だったのに。意気揚々と訪ねてみれば、実にあっさりと「あらら」と来たものだ。「ひと足違いだったわ」と。もう決まっちゃったのよね。昨日、お宅から電話もらった後、すぐに――何が「あらら」なのだ。それなら昨日、芭子が電話をしたときに言ってくれればよかったのだ。これからすぐに来ませんか、と。そうしたら、喜び勇んで飛んでいった。住んでいる場所だって聞いていたくせに。近くなんですね、その方がいいわね、などと言っておきながら。

――相手を恨むのは筋違いだ。縁がなかった。そう思おう。

それにしても、この道はいつもこんな飾りがされていただろうかと思いながら、ふらふら揺れるホンコンフラワーの下を歩くうちに、はっと思い出した。そういえば、たった今、坂道を下りかかる途中で、確かに視界の片隅に根津神社のつつじが見えていたではないか。塀《へい》越しに濃いピンクや赤、白のつつじの花が、葉の緑さえも覆《おお》い隠して、こんもりとした鮮やかな小山の連なりになっていた。面白くない気分で歩いていたから、見えていながら何とも思わずに通り過ぎてしまった。

桜の花が終わって新緑が目にしみるこの季節、根津神社では「つつじまつり」が開かれる。そのために、神社に通じる道は、この細い参道だけでなく根津裏門坂にも、こんな飾りが巡らされるのに違いなかった。

わざわざ境内まで入らなくても、傍を通ったら、少しで構わないからつつじを眺めて楽しもうと思っていたくせに。そのために、昨日のうちから、今日はこっちの道を通って帰ると決めていた。これでは、綾香《あやか》を嗤《わら》えたものではない。

——だって、お金がかかるんだってよ。

いつだったか、綾香と交わした会話を思い出して、芭子はつい小さく苦笑した。この町で暮らすようになってからもう大分たつ。だが、芭子も綾香も、未《いま》だに根津神社のつつじというものをまともに見たことがない。せっかくだから今年こそ、一度くらい見に行ってみようかと芭子が提案したときのことだ。綾香は、とんでもないというように唇を尖《とが》らせた。

「二百円」

「二百円？」

それくらいの値段なら、と芭子が言いかけたとき、綾香は鼻から大きく息を吐き、大げさに首を振りながら「もったいない」と言ったものだ。

「いい？　考えてもごらんよ、芭子ちゃん。二人で入ったら四百円。それだけあれば、あと五円足しただけでハムカツが三枚買えるんだよ」

「――ハムカツ」

「谷中《やなか》ぎんざの、百三十五円の。お金払って花を見るなんて、贅沢《ぜいたく》、贅沢」

「――だけど、心の潤《うるお》いだって必要じゃないかなあ。二百円で味わえるんなら、安いもんだと思わない？」

「私はハムカツの方がいいね。つつじじゃ、お腹《なか》はふくれないもん。花より団子。これだわよ」

あのとき芭子は、正直なところ半ば呆《あき》れ、半ばがっかりした。節約しなければならないことは分かっている。贅沢は敵だ。つつじくらい、べつに見なくたって心が枯れ果てるというわけではない。いちいちもっともな話だが、だからといって贅沢というほどのものでもないではないかと思ったのだ。二百円払って、ゆっくりとつつじの美しさを味わって、ああ綺麗《きれい》だね、綺麗だったねと感想を言い合って一日を過ごせれば、かえって安上がりなくらいだ。

「そんな、ケチくさいこと言わないで」

「ケチくさくて結構なの」

「ねえ、行こうってば」

「そんなに行きたいんだったら、芭子ちゃん一人で行ってくればいいじゃないよ」

「一人じゃつまらないから、言ってるんじゃない」

押し問答を繰り返した挙げ句、「要するに綾さんには花の美しさは分からないんだ」とか何とか、悪態をついた。今どき電車の初乗り運賃だって百円では済まない時代ではないか。往復すれば簡単に二百円以上になってしまう。それを考えればなどと食い下がってみたが、何をどう言っても、綾香は「駄目なものは駄目」と首を振るばかりだった。

「綾さんて、ホント、つまんない」

「ふーん。つまんなくて結構ですよーだ」

彼女がここまで倹約家になったのには、わけがある。昨年の秋に、詐欺《さぎ》に遭った。すっかり気を許していた女に言葉巧みにだまされて、それまでこつこつと貯《た》めてきた預金をすっかり持っていかれたのだ。いつかは自分の店を持ちたいと、毎日夜明け前から起き出して、パン職人の修業に明け暮れている綾香にとって、それはあまりにも大きな打撃だった。だまされたと分かった晩、夜更《よふ》けに訪ねてきたときの綾香の顔を、芭子は今でもはっきりと覚えている。虚《うつ》ろに強《こわ》ばった表情で、彼女は玄関から入ってくるなり「やられた」と呟《つぶや》いた。そして、こうも言った。「殺してやりたい」と。

——綾さんが言うと、洒落《しゃれ》にならないよ。

あれは、おそらく芭子にしか言えない台詞《せりふ》だったに違いない。そんなことをしたら、人生をなげうつことになる。再び。そのことを知っているのは芭子しかいない。だからこそ、あの言葉が出た。綾香も、ふと我に返ったように言っていた。

——あそこに逆戻りは、嫌だもんなあ。

あそこ——綾香がそう表現した場所こそが芭子が綾香と知り合ったところだ。先に入っていたのは芭子だった。世間知らずの女子大生だった頃に愚かな恋愛をした、そのツケのようなものだ。

後から思えば馬鹿馬鹿《ばかばか》しいにもほどがあるのだが、よりにもよって相手がホストだったばっかりに、彼に貢《みつ》ぐために家族の財布から札を抜き取り、消費者金融で借金を重ね、挙げ句の果てに見知らぬ男をホテルに誘い出しては薬で眠らせ、財布を抜き取るという行為に出た。罪状は昏酔《こんすい》強盗罪。懲役七年の刑だった。結局、芭子は二十代のすべてを溝《どぶ》に捨てたことになる。いや、それ以外にも払わなければならなかった代償、失うことになったものは、あまりにも大きかった。悔やんでも悔やみきれない、文字通り取り返しのつかない愚かな行為だった。

それを実感したのは、懲役七年という判決を受けた瞬間もさることながら、手錠をはめられ、腰縄を打たれた格好で、いくつもの扉を通って刑務所に収監された後のことだ。何人もの見知らぬ視線にさらされ、上から下まで洗いざらしの服を着せられたときに、初めて「とんでもないことになった」と思った。それまでは、何となく「それくらいのこと」と思っていた部分があったのだ。謝ったのだから許してくれてもいいではないか、もうしないと約束したのだから、家に帰してもらえるのではないか、と。彼のことも、もう忘れる。大学も卒業する。盗んだお金も働いて返す。両親からだって、今度ばかりは厳しく叱責《しっせき》されるだろうとは思ったが、それでも見放されるとは思いもしなかった。きついお灸《きゅう》を据えられる程度で済むに違いないと信じていた。考えが、甘かった。つくづく。

一方の綾香は、懲役五年の刑を言い渡されて入ってきた。罪状は殺人。芭子よりも短い刑期は一見、間尺に合わないようだが、こちらは情状が酌量されての温情判決だった。当時の綾香は、家庭内暴力の夫に長年にわたって苦しめられ続けており、心身ともに疲弊しきっていた。その上、数回の流産の末にようやく生まれた我が子にまで危害を加えられそうになったことで、どうしようもなく追い詰められた結果として、ついに夫を殺害した。裁判では何と証言したか知らないが、少なくとも芭子が知り合った頃には、後悔していないと彼女は言っていた。殺《や》らなければ、殺られていたのだから、と。

同房の受刑者の中には、実に様々な女たちがいた。シャブ中。売春婦。泥棒。放火魔。詐欺師。粗暴犯。懲《こ》りてもおらず、悔いてもいない女も少なくなかったし、その一方では、自らの手で我が子の生命を奪ったことを心から悔いて、暇さえあれば手を合わせ、黙々と写経をして日々過ごしていた年老いた母親もいた。そんな中で、綾香とだけは何となくウマが合った。

綾香となら、何でも話し合える。人に知られたくない体験を共有しているし、それぞれの過去と心の傷を十分に承知しているという絆《きずな》がある。年齢も一回り違う。互いの育った環境も、性格も、好みも何もかもが違っているが、親兄弟からも縁を切られた芭子にとって、今や綾香は世界中でただ一人の心の拠《よ》り所《どころ》だった。

それにしても、今日も仕事が見つからなかったと報告したら、綾香はどんな顔をするだろうかと思う。またなの、と呆れた顔をされるか、慰めてくれるか。大方の予想はついている。ほら、だから言ってるじゃないよ。そんな適当な気持ちでアルバイトばっかり探さないで、本当に自分のやりたいことを見つけた方がいいってば——もうずいぶん前から、同じことを言われ続けているのだ。綾香には一人前のパン職人になって、いつかは自分の店を持つという夢がある。芭子も同様に、何かしら目標を見つけて、生涯続けていかれる職業を持つべきだというのだ。

ただでさえ過去を背負った二人だ。これからの人生でもっとも必要なことは、まず生活力を身につけることだと、出所前にも言われてきた。現在のところ、芭子には親から手切れ金として渡された預金があるし、かつては祖母が暮らしていた家の権利も渡されているから、当面は生活に困るという心配はない。だが、それだけで一生遊んで暮らせるはずもなかった。だからといってこれから先、普通の結婚を望んで、平凡な主婦になって生きていこうなどという夢も、とてもではないがそう簡単に抱けるものではない。誰が好きこのんで前科のある女と一緒になろうとするものか。無論、幸せのためなら、嘘《うそ》をつき続けるのも一つだろうとは思う。だが、果たしてそんなことが可能なものか。さらに、そんなことよりもずっと以前の問題として、まず誰かと出会うことそのものが、今の芭子には、もう恐ろしくてならなかった。

何しろ、芭子には「前科」がある。もしもまた誰かと出会い、好きになったりしたら、すぐに夢中になって、前後の見境《みさかい》もなく突っ走ることになるのではないか、またもや自滅への道を突き進むことになるのではないかと思う。実際、あのときの芭子はそうだった。

向こうは本気なんかじゃない。ただのホストでしかないのだ。商売だから優しい言葉の一つもかけるし、いかにも芭子のことを好きそうに言っているだけだと、友人からどれほど注意されても、当時の芭子は、まるで耳に入らなかった。打算でも構わない。本気で愛してくれなくてもいい。ただ一瞬でも芭子のことを見つめてくれるなら、どんなことでもする——本気で、そう思い込んでいた。もしも再び誰かと出会って、好きになって、また似たような心持ちになったら、今度こそ芭子は破滅するだろう。この前よりも、もっと大きな罪を犯すことになるかも知れない。たとえば相手を殺して自分も死ぬというような——そんなことを考えていて、容易に恋など出来るはずがなかった。

ただでさえこの町で暮らすようになってから、芭子は他人との関わりを極力避けて暮らしている。どこでどういう人間に会って、どんな関わりから過去が暴《あば》かれるか分からない。それを思うと、恐ろしくて仕方がないからだ。こんな暮らしを続けていては新しい出会いなど、見込めるはずもない。仕方がないのだ。今の芭子にとって、何よりも恐ろしいのは世間に過去が知れること。この街で暮らしていかれなくなること。既に縁を切ったとはいえ、この上さらに両親や弟に迷惑をかけることだった。そのためにはどうしても、今の生活スタイルを変えるわけにはいかないと思っている。

だからこそ、ここは綾香の言う通り、手に職をつけるなりして、ずっと続けられる仕事を見つけるべきなのだ。まずは一人で生きていかれるだけの力を身につけなければいけない。それは十分に分かっていた。

——だけど。

一体何をして生きればいいのか。果たして自分は何をしたいのか。それが未だに分からない。自分なりに考えてはいるつもりだし、少しは本なども見てはいるのだが、「これだ」と思うものに行き当たらない。だからといって、ただ一日中、家にこもってじっとしていても仕方がないし、せめて最低限の生活費だけでも稼がなければと思うから、その場しのぎにでもアルバイトを探している。それなのに、そんな仕事さえもままならないのが現実だった。世の中の景気がいいのか悪いのかは知らないが、何といっても、芭子が希望する条件を満たしている求人自体が実に少ないのだ。

条件といったって、そう難しいものではない。まずは自宅から徒歩または自転車で通うことが出来て、不特定多数の人に会う必要がなく、学歴も経験も問わないところ。デスクワークとまではいわないが、あまり激しく身体《からだ》を動かすような労働もいやだ。それらの条件さえ整っていたなら、少しばかり時給が安くたって構わないとさえ思っている。実際、以前は近所のマッサージ治療院で受付のアルバイトをやっていた。だが、そこをやめてからというもの、どうもうまくいかない。無論、履歴書には前科のことなど書くはずがない。刑務所に入っていた時期は「結婚と離婚」ということにしてある。それなのに、やっと思うような仕事が見つかったかと思えば、その直後に店主が病気になって店を休業することになったり、当初の希望とは違って人前に出なければならない仕事に回されそうになったりで、まるで長続きしない。そしてまた、今日のようなことにもなる。

何とも冴《さ》えない気分のまま自宅に戻り、洗濯機を一度回しただけで、あとはテレビをつけっぱなしにして何となくぼんやりしていたら、携帯電話が鳴った。確かめるまでもなく、綾香からだ。他に芭子の携帯電話の番号を知るものはいない。

「あ、もしもし、芭子ちゃん。今日、どうだった？」

茶の間の柱時計は、今さっき十一時を打ったところだ。綾香の勤めるパン店は、そろそろ昼前の忙しい頃なのではないのだろうかと思いながら、芭子はつい「うーん」とため息混じりの声を出した。

「また駄目だったの？　何で？」

「昨日のうちに、もう決まっちゃったんだって。ひと足違いだって」

すると、芭子の耳に「やった！」という声が届いた。

「ラッキー！　よかったあ」

叱《しか》られはしないまでも、またお尻《しり》を叩《たた》かれるようなことくらいは言われるだろうと覚悟していたのに、つい拍子抜けした。

「何、それ」

「だってさ、芭子ちゃんがバイト決めちゃったら大変だと思って、急いで電話したんだもん」

「――なんで」

それがさあ、という声に続けて「うはははは」という笑い声が芭子の鼓膜を震わせる。綾香がこの笑い方をするときは、相当に機嫌がいいときだ。

「芭子ちゃん、私たちさ、大阪に行くよ」

「え――いつ」

「来月！」

「大阪に？　何で、いきなり？」

「それがさあ、当たっちゃったんだ！」

「だから、何に」

「決まってんでしょうが、商店会の福引きよ、福引き！　ジャジャジャーン、一等賞！

『大阪ユニバーサル・スタジオ・ジャパンとなんばグランド花月で吉本のお笑いを楽

しむ二日間の旅』、ペアでホテル一泊、大当たりぃ！」

携帯電話を通して、綾香の弾む声がびんびんと響く。そういえば先週くらいから、この界隈《かいわい》の商店で買い物をすると、百円につき一枚ずつ抽選補助券を配っていた。十枚ためると一回、抽選に参加出来るというものだ。特賞が地デジ対応液晶大画面テレビだというので、綾香と一緒になって券をためていた。それは確かだが——。

「何よ、どうしたの。もしもし？　嬉《うれ》しくないの？」

「その、ユニバーサルなんとかって、どういうとこ？」

「ちょっと、芭子ちゃん。あんた、何言ってんのよ。ＵＳＪを知らないなんて、いないよ、そんな人！」

「——そう？」

「だってオープンした当時だって、さんざんテレビとかでやってたし——」

綾香の言葉が突然、途切れた。何よ、と聞こうとして、芭子もピンと来た。おそらく「あそこ」に入っている間に出来たのだ。世紀末から二十一世紀の頭にかけての世の中の動きを、芭子はほとんど把握していない。

「つまり——あの頃に出来たんだ」

「そう、かな。多分ね」

「それで、そこに招待なわけ？　あと、吉本のお笑いと？」

「そうなのよ！　貸し切りバスで往復して、ホテルに一泊して、入園料とかも全部、タダ！」

「ご飯は？」

綾香の声が「ええとね」と聞こえた。

「ちょっと待ってよ。今、もらってきた紙、見るからね」

そうはいうものの、きっと大阪へなど行かれないのに違いないと芭子は秘《ひそ》かにため息をついた。いくら招待とはいえ、向こうで一泊するとなれば綾香は仕事を休まなければならなくなる。しかも、いくら招待といったって、まるっきり一銭も使わずに済むわけがないに決まっている。二百円の入園料を倹約する綾香が、そんな贅沢《ぜいたく》をするはずがない。

「ええと——朝晩は出るみたい。で、昼だけは自分たちでとるっていう感じ」

「——ほら、やっぱり、まるまる招待っていうわけじゃないじゃない。その分のお金が、かかるんだよね」

「そりゃ、そうだけど。まあいいじゃん、普段は爪《つめ》に火を灯《とも》すように暮らしてるんだから」

「——いいの？　でも、綾さん、お店は？」

「抽選に当たったって話したら、特別に休ませてくれるって。て、いうかさ、今年はゴールデンウィークもずっと店を開けてたから、この際、旦那《だんな》さんたちも一泊でどっか行ってこようかな、とか言ってる」

「え——じゃあ、本当に行けるの？　大阪に？」

「ほんま、ほんま！　ほんまやよ！」

妙な関西弁を聞きながら、芭子は思わず「やった！」と声を上げた。旅行なんて何年ぶりだろう。少なくとも刑務所への長旅以来、初めてのことだった。

2

六月の甘ったるい夜気の中を十一時過ぎに家を出て、綾香と連れだって歩いていくと、深夜の不忍《しのばず》通りには大型のバスが三台連なって駐車しており、闇《やみ》の中でハザードランプを点滅させているのが遠くからも見えた。

「あ、あれだよ、あれ！　ああ、私たち、あれに乗るんだ」

いつもとまったく変わらないジーパンに綿シャツという出《い》で立《た》ちに、いつものリュックサックを背負った綾香が、ため息混じりの声を上げる。違うところといえば、そのリュックが、今日はかなり膨らんでいる点くらいだ。

「何か、夢見てるみたい――本当に、行けるなんて」

芭子も思わず呟《つぶや》いた。何しろ久しぶりの遠出だ。最後にした旅行といったら、かれこれ十年近くも前、大学三年生の夏休みに、友だちと四人でニューカレドニアに行ったことだろうか。いや、その後にも週末や連休を利用して、軽井沢や北海道などには行っていたと思うが、あまりはっきりしない。今にして思えば、自分にも本当にそんな時代があったのだろうかと思うほど、遠い記憶だ。

「芭子ちゃん、いい？　今夜はお喋《しゃべ》りしてないでちゃんと寝ようね。これから二日間、ハードなんだから」

「眠れるかなあ、私。乗り物の中で寝ることなんて、もう何年もなかったし。第一、バスそのものに乗るのが――」

「あのとき以来だもんね」

「あのとき？」

「ほら、あそこ出る前にさ――」

「綾さんっ！」

その途端、芭子は思わず立ち止まって綾香の腕を摑《つか》んだ。

「ホントに、本っ当に気をつけてよ！　私たち、これから丸々二日間、ほとんど知らない人たちと行動するんだから」

綾香は「分かってるってば」と不満そうに眉《まゆ》をひそめる。

「大丈夫だって。ただ『あそこ』って言っただけじゃん」

「それでも！　今度こそ、どこで誰に聞かれるか分からないんだよっ」

刑務所を出るには二つのパターンがある。刑期の最後まで務め上げる「満期」と、刑期を途中で切り上げる「仮釈放」だ。仮釈放が認められるためには、真面目《まじめ》な服役態度やしっかりした更生の意志が認められるなどの条件が必要なのはもちろんのこと、まずは身元引受人の存在が欠かせない。芭子たちは、結果的には仮釈放が認められて、それぞれに予定の刑期よりは少しだけ早く娑婆《しゃば》に戻ることが出来たが、本当なら二人とも、もっと早く出られるはずだった。だが、身元を引き受けてくれる親類縁者などが見つからなかったのだ。芭子の場合は、役所から何度連絡が行っても、両親は「もう関係ない」「関わるつもりはない」と突っぱねたために、最終的には更生保護施設に引き受けを頼んで、ようやく仮釈放が認められた。綾香の場合、綾香自身が身内への身元引き受けを頼まなかったらしく、やはり施設が引き受けた。

刑期満了まで務める場合は出所の直前までずっと同じ生活が続くが、仮釈放が認められた場合、受刑者たちは出所の二週間前にはそれまでの舎房とは異なる「釈前寮」に移されて、準備教育といわれる期間を過ごすことになる。真面目に刑を務めたご褒《ほう》美《び》とでもいうつもりか、刑務作業からも解放されて、釈放後の心得などの教育を受けるのだ。誘惑に負けない心を持つこと。自分を厳しく律し、つねに自らの行動を顧みること。かつて自分を犯罪に引きずり込んだ仲間などがいる場合は、一切の関わりを断つ努力をすること——法律上の償《つぐな》いは終わっても、これから外に出れば、さらに厳しい現実と環境が待っているのだと叩《たた》き込まれる。

そして一週間後、今度は「家庭寮」と呼ばれる部屋に移る。一般的な家庭とまったく同様に、家具や炊事用品などの揃《そろ》っている部屋で自炊生活をして、私服になることも許され、自由に風呂《ふろ》に入り、テレビを見たり茶を飲んだりしながら、徐々に「娑婆っ気」を取り戻す訓練をするのだ。その一環として「社会見学」のようなものがあった。いきなり外に出てショックを受けないように、バスに乗せられて町に出る。その段階ではまだ「受刑者」であることには変わりはないが、まさか仮出所を目前に控えて逃走する者もいないから、少しの時間バスを降りて、町を歩くことも許されている。

ことに受刑期間が長かったものにとって、外の世界は実に新鮮だ。規律に縛られ、豊かな色彩などまったくない世界で生活していた受刑者の目には、一般社会に溢《あふ》れている鮮やかな色彩も、様々な騒音も、人々の自由な流れも、何もかもが刺激的で、場合によっては恐怖にさえ感じられる。綾香が「あのとき」と言ったのは、その、地味なマイクロバスに乗せられて町へ出たときのことに違いなかった。まったく。よりによってこんな時に、何ということを思い出してくれるのだろう。

「ああ、ドキドキしてきた。ねえ、やっぱりやめようか」

ハザードランプを点滅させているバスを見つめたまま、芭子は立ち止まって大きく息を吐き出した。もう一度深呼吸してみるが、どうしても気持ちが落ち着かない。それなのに綾香ときたら「何、言ってんのよ、今さら」と小さめの目を精一杯に見開いて、唇を尖《とが》らせるばかりだ。芭子は思わず夜空を仰いだ。

「本当のことというと、私、それが心配だったんだ――綾さんが何か口を滑らすんじゃないか、ひょっとして誰かに見破られるんじゃないかって。それが！」

「だから、大丈夫だってば。そんなヘマ、しないって」

「だとしたって、知らない人たちに混ざって旅行するんだよ。それも、あんなに何台ものバスが駐《と》まってるっていうことは、すごい人数になるっていうことじゃない！」

何だか泣きたくなってきた。だが綾香の方はまるっきり落ち着き払った表情で、

「大丈夫」を繰り返すばかりだ。

「いい？　芭子ちゃん、よおっくお聞き。こんな町内会みたいな旅行にも参加できないようなら、これから先、私たちは生きていけないよ。べつに、誰にでも挨拶《あいさつ》したり親しく喋ったりする必要なんか、まるでないじゃん。ただ、皆にくっついて行動すればいいだけ。誰かににこっとされたら、にこっと返して、誰かに『こんにちは』って言われたら、同じ言葉を返して。余計なことさえ言わなきゃ、どうってことないでしょうが。何よ、今さら」

「だって、綾さんが——」

「ごめんごめん！　だから、悪かったって。気をつけるからさ。ほら、もう、行こうよ。こんなチャンス、滅多にあるもんじゃないんだから！」

ぐい、と腕を摑まれて、仕方なく歩き始めた。確かに、綾香の言う通りだ。こんな機会でもなければ、もう一生、大阪に行くことなどないかも知れない。いくら自由の身になったとはいえ、気ままにどこにでも行かれるような、そんな身分ではない。

夜更けに集まってきた人たちは、予め指定されたバスに向かって、意外なほど整然と進んでいく。芭子たちに割り当てられていたのは三号車だった。バスの前には、スーツ姿に腕章をつけた男が立っていた。

「ええと。江口《えぐち》綾香さんと、小森谷芭子さんですね。はいはい。ご苦労様です。じゃあ、お乗りくださいね。お席は特に決まってませんのでね」

二十代の半ばくらいだろうか。スーツさえ着ていなければ、まだ学生のような雰囲気の彼は、芭子たちの名前を確認すると「ようこそ」と笑顔を向けてくれた。それだけで、芭子の気持ちはぱっと明るくなった。

ようこそだって。

くすぐったいような言葉。本当は、タダで大阪に行けるからって、昨夜も一睡も出来ないくらいに興奮していた、貧しいだけの前科者なのに――。

「えぇ、後ろの席の方、聞こえますかあ？」

バスが走り出すと、すぐにさっきの男がマイクを片手に話し始めた。

「今夜、当社のバスにお乗りいただきました皆さんは、すごくラッキーです。何たって、あれでしょう？　商店会の、ねえ、抽選で、大当たりしたんですよねえ？　当然、特賞とかで？　――あ、一等ね。すると、特賞は？　地デジ対応液晶大画面テレビ？　そっちがよかったって？　もう、何、言ってんですか、お母さん。テレビには僕はついてこないんですから。何がラッキーって、今回のご旅行、この僕が皆さんのお相手出来るっていうところが、何よりラッキーじゃないですかあ。ねえ、そう思いません

か あ ？」

座席のあちこちから笑い声が上がった。窓の外を見慣れた風景が流れていく。夜の闇に溶けて、芭子の暮らす町は、もうすっかり眠りにつこうとしていた。この町を出て、明日の朝には、まったく知らない土地に着いているなんて、本当に信じられない。心細いのとも、後ろ髪を引かれるというのとも違う、何ともいえない不思議な気分だ。

――またここに、帰ってくるんだろうか。

決まっている。他に行くところなどないのだから。だけど、もしもこれから行く大阪が、芭子にすべての過去を忘れさせ、何もかも捨て去って生きさせてくれるような土地だとしたら。何かの出会いがあって、ここで未来を考えろと言ってくれる人がいたとしたら――そんなことを考えると、妙に嬉《うれ》しい。

「あと十分ほどしましたら、バスは照明を落とします。もう、夜も大分更《ふ》けてますんでね。お肌にもよくないですから、たっぷり休んで下さいね。お手数ですが、窓際《まどぎわ》の席のお客さんはカーテンを引いてもらえますか。そして明日の朝、大阪に近づいた頃に、また僕が皆さんを起こしますので、ご安心くださいね」

バスが高速道路に乗った頃、添乗員の声がまた響いた。もっと外の景色を見ていたいと思ったのだが、仕方がなかった。

「ちゃんと寝るんだよ。明日は山ほど遊ぶんだから」

綾香はもう座席の背もたれを後ろに倒して、眠る態勢に入っている。芭子も真似《まね》をして身体《からだ》を預けた。間もなく、車内は闇に包まれた。エンジンのうなりと、ごとん、ごとん、と高速道路の継ぎ目を乗り越える音だけが響いていた。

3

本当に大阪に来た。

そう実感したのは、いよいよユニバーサル《U》・スタジオ《S》・ジャパン《J》に到着し、夕方までの自由行動になって、綾香と二人でガイドマップを片手に歩き始めてからのことだ。それまでは、さあ大阪に着きましたよと言われても、バスから見る街並みに取り立てて特徴があるとも思えず、朝食もありふれた定食が用意されていただけで、自分がどこにいるのかも、まるではっきりしなかった。もしかすると、まだ東京にいるのではないかとさえ思うほどだった。

「時間は限られてるんだからさ、ちゃっちゃといかなきゃね。あんまり混んでるところは並ぶ時間が無駄だし」

「人気があるから混むんでしょう？　空《す》いてるところばっかり探してたら、人気のアトラクションは全部ダメっていうことになっちゃうよ。私、ずっと前にディズニーランドで後悔したことあるもん。混んでるところは、ずっと混んでるんだよ」

「そうだけど。まず空いてるところをダダッと攻めてさ、気持ちに余裕が出たところで、人気のあるところに行けばいいじゃない」

予報では、天気は下り坂ということだったが、今のところは薄日の射《さ》す気持ちのいい日になった。半日の間でどれだけのアトラクションを楽しめるか、効率的に動けるかを考えて行動しようなどと相談しながら、外国の街並みのような園内を歩いていくうち、ちょうど若いカップルの横をすり抜けた。

「何、アホなこと言うてんねゃ」

「アホちゃうて。ほんまやて。あ、おまえ、信じてないんか」

「信じられへん」

じゃれ合う二人の会話が耳に届いた途端、芭子は思わず綾香の方を向いた。

「聞いた？」

「何を」

「今の。私たちが追い越したカップルが話してた」

「全然。何だって?」

「大阪弁だった!」

芭子は思わず「本物だ」と呟き、それからほうっとため息をついた。

「私、初めてだ。テレビ以外で大阪弁聞いたの。じかに。なまで」

「そういえば、私もそうだな。こりゃ、早く聞かなきゃ」

芭子と同様、綾香も大阪へ来るのは今回が初めてだということだった。独身の頃はそれなりに旅行もしたらしいが、最後の旅は新婚旅行で、人生でもっとも幸せなはずのハネムーンの最中に、早くも夫にぶたれたのだそうだ。だが、そのときにはべつに「暴力」という意識ではなかった。単なる弾み、ちょっとした喧嘩《けんか》のつもりだった。まさか、それが地獄のような結婚生活の幕開けだとは、まったく思いもしなかったと言っていたことがある。

「あ、芭子ちゃん、あそこに立って。写真撮ろう!」

「私が先に撮ってあげるよ。綾さん、ポーズとって」

出がけに買ってきたレンズつきフィルムをのぞき込むと、その向こうに笑顔でピースサインをする綾香が見える。考えてみれば、こんな風に写真を撮ることとさえ、自由の身になってからは初めてだ。「写真を撮る」という発想そのものが、自分の中からすっかり抜け落ちていた。携帯電話についているカメラ機能でさえ、一度として使ったためしがない。

「あ、『E.T.』だ！　私、これ乗りたい」

「お待ちよ、芭子ちゃん。一時間半待ち。ちょっと長いな。向こうに『ターミネーター2』があるよ」

「あ、それも入りたい」

「で、その向こうが――『スパイダーマン』だって」

「それは――いいや」

USJが映画の世界を再現してあるテーマパークだと綾香から教えられた後、芭子も芭子なりに、書店でUSJに関する本を簡単に立ち読みした。その結果、USJを楽しむためには、前提条件として、アトラクションになっている映画を知っているべきだ、ということに気がついた。とはいえ「ピーターパン」を始め、「バック・トゥ・ザ・フューチャー」など、大半の映画は芭子も観《み》たことがあるものだったから、期待こそ膨らんでも心配することはなさそうだったが、「スパイダーマン」は知らなかった。おそらく刑務所に入っている間に封切られたのだ。

USJでは待ち時間を短縮させたい人のために、列の前の方に割り込めるようなパスというものがあるのだそうだ。それは、今回の招待の中には含まれていないから、希望者は自費で購入する必要があるということだった。効率よく、出来るだけ多くのアトラクションを楽しみたいと思うなら是非とも購入した方がいいということで、希望者たちはここに向かうバスの中で添乗員に申し出ることになっていた。当然のことながら、芭子たちは希望しなかった。

とにかく待ち時間の少なそうなアトラクションから列に並び、順番を待つ間は耳を澄ませて周囲の人々の会話を聞いてみる。高校生らしいグループ。家族連れ。アベック——中には中国語や韓国語らしい言葉も聞かれたが、ことに列に並んでいる間中ふざけあっているような少年少女たちは、紛れもない大阪弁で喋りあっていた。見た目は東京の女の子と変わらないのに、「そやなあ」「あかんわ、そんなん」などと言っているのを聞いているうちに、何ともいえない嬉しさがこみ上げてきた。

——ここは大阪。

芭子たちや、芭子たちの過去を知っている人など誰一人としていない。ここにいる人たちは、芭子たちになど、何の興味もありはしない。そう思っただけで、背中がすっと軽くなる気がした。今にも身長が一、二センチ伸びそうな感覚だ。何て気楽なんだろう。

気兼ねも気後れもする必要なく、一方では不躾《ぶしつけ》なほど興味津々《しんしん》に周囲の人々を眺めることが出来る。それぞれのアトラクションでは日頃まったく経験しないような刺激を全身に受け、芭子は、今、初めて自由になったのを感じた。無論、いやが上にも興奮するように出来ている仕掛けのせいもある。思わず歓声が上がってしまうのだ。思い切り声を上げれば上げるほど、自分が自由であることを感じた。

――生きてる。私。

そうなのだ。生きている。全身を血が駆けめぐっているのが分かる。心臓が鼓動を速めているが、それはいつものように恐怖や緊張によるものではなく、ただ単に、自分が生きていることの証《あかし》だ。

「綾さん！」

「なあに！」

「私、生きててよかった！」

「私も、そう思ってた！」

光と音の洪水に包まれ、乗っているカートごと前後左右へと強烈な力で揺すぶられて、目まぐるしく展開する映画のストーリーさながらの世界に身を委《ゆだ》ねながら、芭子は思い切り声を上げて笑った。

一つのアトラクションから出ると、そこには必ずキャラクターグッズなどを売る店が出ていて、ついつい足が止まる。お金さえあれば、どれほどのものを買い込むことか。今日の思い出として、どんなものを家に置きたいと思うだろう。お金さえあったら――そんなことを考えるときだけ、現実に引き戻される。

「すごいもんだわ。よく出来てるねえ」

ショーケースに並んでいる商品の数々を熱心にのぞき込んで、綾香もため息混じりに呟《つぶや》いた。

「何か、買っていけば?」

「まさか。こんなもの、いくらあったってお腹《なか》が膨れるわけじゃないんだから」

「また。そればっかり」

こんなところで現実に引きずり戻さなくてもいいではないかと言いかけたとき、ふと、阪神タイガースのユニフォームを着せられた、よちよち歩きの子どもが目にとまった。少し離れたところには、見るからにヤンキー上がりらしいカップルがいる。おそらく子どもの親なのだろうが、二人とも二十歳そこそこにしか見えないほど若い。男性の方はだぼだぼのジーンズに派手な柄のシャツ、胸にも腰にも大振りなシルバーのアクセサリーをつけて、鼻にまでピアスをしている。一方の女性はごく丈の短いシヨートパンツに、やはりどぎつい色と柄のタンクトップという出《い》で立《た》ちで、茶色というより金髪に近い髪を長く背中に垂らし、その化粧といったら、とんでもないくらいに濃かった。

「ほら、マァくん、もう行くで」

「マァくん」

そんな二人がタイガースの服を着た子どもに声をかける。すると幼い子が「いやや！」と大きな声を出した。

「そんなん言うとらんと、さあ、もう行こて」

「いやや！　いやや！」

「あっち行って、アイシュ食べよ。マァくん好っきゃろ？　なあ、アイシュ。ちゅめたい、ちゅめたいアイシュがあるで」

「いやや！　アイシュ、いらん！」

思わず噴き出しそうになった。あんなに小さな子までが大阪弁で喋っている。それだけで、何ともいえず微笑《ほほえ》ましい。言葉一つで、どうしてこんなに印象が変わるのかと思うほど、芭子はその子と、若い両親を好ましく思った。

「いいなあ、大阪弁」

思わず言うと、綾香は「そうお？」と首を傾《かし》げる。

「綾さん、好きじゃない？」

「好きでも嫌いでもないよ、べつに」

「そうかなあ。いいと思わない？　何となく温かみがある感じで」

「皆が漫才やってるみたいな気がしない？　普通に喋ってても笑いを取ろうとしてるみたいな感じがしちゃう」

それならそれで、楽しくて「いいものじゃない」などと言いながら、やがて、スヌーピー・スタジオというエリアに入った。その途端、芭子は「きゃあっ！」と、ほとんど悲鳴のような声を上げてしまった。そこここに、大好きなスヌーピーが溢《あふ》れているではないか。

「見て見て！　綾さん！　すごい、可愛《かわい》い！」

芭子は、幼い頃からスヌーピーが大好きだった。寝るときにもぬいぐるみと一緒だったくらいだ。今もそのときのぬいぐるみは芭子の手元にある。三歳下の弟が、芭子が生まれ育った家から送ってくれた。とはいえ、それは本格的に自分たち一族から芭子を切り離すための、手続きの一環でしかなかった。彼は、他の品々と一緒にそれを送りつけてきたのだ。芭子の、幼い頃からのアルバムや人形、文房具、アクセサリーなどと。そして、小森谷の家からは、芭子という存在はまったくかき消された。戸籍からも外されて、今、芭子は自分一人だけの戸籍で生きている。

「ああ、もう、可愛いよぉ、どうしよう！」

ハンバーガーショップの前に出されているランチボックスなども、すべてスヌーピーなのを発見して、芭子は腰を屈《かが》めてそれらに見入ってしまった。眠たげな顔をしたスヌーピーが、マグカップのフタにまでのっている。

「こういう店があるんなら、こっちでお昼食べればよかったね」

スヌーピーよりはキティちゃんの方が好きだという綾香も、残念そうな表情でスヌーピーのカップやストローなどを眺めている。さっき、かなりいい値段をとる割に、味はお粗末としかいえない店で昼食を済ませてしまっていた。味つけについては贅沢《ぜいたく》を言わないことが身体に染《し》みついている二人だが、あの値段でこの量、この味かと、正直なところ呆《あき》れたし、腹が立った。これが世間の人々の感覚なのだろうか。いくら観光施設とはいえ、こんな高い料金を支払って、こんな程度で満足しているのかと思ったら、ため息しか出なかったくらいだ。

「ああ、可愛いなあ。すごい、もう。何ともいえない」

ついつい未練がましくランチボックスを見つめていたら、綾香があっさりと「買えば」と言った。芭子は目を丸くした。綾香は「ふふん」などと言いながら、余裕の笑みを浮かべてこちらを見ている。

「私だってさ、何でもかんでもケチってるわけじゃないんだからね。芭子ちゃんが本当に欲しいと思うものなら、いいじゃない」

「本当？　じゃあ、あの、ピーちゃんのぬいぐるみも、一つ、いい？」

普段から、スヌーピーをピーちゃんと呼んでいる。今ごろ一人で留守番をしている古いピーちゃんを思い浮かべながら、芭子はご機嫌をとるように綾香を見た。やっと買い物が出来ると思うと、それだけで嬉《うれ》しい。

「ま、しょうがないでしょ。芭子ちゃんのピーちゃん好きは、よおっく分かってるから。何だったら、あそこで巨大ピーちゃんと記念写真も撮っちゃえば？」

「――それは、いいや。自分たちで撮ってるので十分」

「あら、えらいえらい。ちゃんと我慢出来るなんて」

「また。人を子ども扱いして」

「そりゃ、するでしょうよ。こんなに大喜びする芭子ちゃんを見てればさ」

そう言われてしまえば返す言葉もない。芭子は自分でもそれと分かるほどの最上級の笑顔で「綾さんにも、おごるからね」と胸をそらした。

「さっきの、まずいお昼ご飯の口直し。その代わり、容器は私にちょうだいね」

うん、うん、と頷《うなず》く綾香の腕を引っ張って店に入り、目移りしそうになりながら、中身より容器で選んだハンバーガーセットを食べる間も、芭子たちは昨日からの出来事を喋《しゃべ》り続けた。バスの中で近くの席に座っている老夫婦のこと。町で何度か見かけた記憶があるけれど、どうにも気に入らない目つきの主婦も見つけたこと。よく喋る添乗員のこと。それから、アトラクションのこと。大分歩いたせいもあって、少しのんびり座れるのも嬉しかった。

「ちょっと。こんなところで喋ってたら、時間がもったいないよ。行こう！」

ところが、綾香が思い出したように時計を見た。そうだった。時間には限りがある。出来るだけ遊ばなければ、もったいないというものだ。急いでハンバーガーの空き容器をしまうと、今度は一目散にキャラクターショップに向かう。くまなく店内を歩き回り、やはりさんざん迷った挙げ句、芭子は全身が柔らかいクリーム色のスヌーピーを買うことにした。目や耳、鼻、背中の模様などはミルクティーのような茶色で、何ともいえずソフトで優しげな印象のぬいぐるみだ。同じミルクティー色の首輪には、ＵＳＪの文字が入っている。

「どうしよう。可愛い。抱っこして歩きたいくらい」

「あんた、それはやめなさい。家に帰るまでに汚すからね」

「嘘《うそ》。みっともないからでしょう？」

「まあね。心が乙女なのは分かってるけど、一応、外見は三十女だから。いくら若く見えるっていったって」

何を言われたって平気だった。こんなに嬉しくて楽しいことなんて、初めてだと思った。ただこうして見知らぬ空間に身を置いているというだけで、心がウキウキと弾んで、じっとしていられないほどだ。

「やっぱりさあ、気分転換って必要だね」

空を仰いで深呼吸しながら、芭子は思わずうっとりと呟いた。

「ねえ、綾さん。たまにはこういうこと、しようよ。私、生まれ変わったような気がする」

「そうは言うけど、そうそう抽選になんか、当たらないもんだわよ」

「だから、少しずつべつに貯金でもして」

「——まあ、贅沢じゃなければ、たまにはいいかもね、確かに。べつに、泊まりがけじゃなくてもさ、ディズニーランドとか」

「あそこ、結構お金かかるよ」

「泊まることを考えたらさ」

「本当のこと言えば、私だってあっちの方が好きだとは思うけど、でも、近い分、誰かに会いそうな気がして」

「じゃあ――今度はまた、べつの場所を目標にしようか。べつに遊園地じゃなくたって、いいじゃない？　一生懸命働いて。今度は自分たちのお金で」

「そうしよう！」

「そのときは、芭子ちゃんもちゃんと仕事を見つけてるんだよ」

勢いよく「うん」と頷きながら、芭子は、今度はあながち口から出任せではないという気分になっていた。きっと見つけられる。何か――そんな気がし始めている。やりたいことを見つけて、一生懸命働いて、少しずつでも貯金をする。そしてまた、思う存分、羽をのばせる場所に来る――考えただけで、不思議なくらいにやる気が湧《わ》いてきた。自分の将来に、ようやく小さな灯火がともったような気分だった。

4

その夜、ホテルにチェックインして全員で夕食を終えた後、綾香とホテルの周辺を歩いてみようということになった。せっかく来たからには、すぐに部屋に引き揚げてはもったいない。

ホテルがあるのは大阪のミナミという地域だという。客室に置かれていたイラストマップを片手に少し歩くうち、芭子はまだテーマパークにいるような錯覚を覚えそうになった。繁華街に、とにかく大きくて立体的な看板が目立つのだ。それに、街の空気そのものが、東京とはまるで違っている。

「ここ、テレビで年中、映るところだ」

「そうだ、そうだ。見たことある」

脚の動くカニの看板。くいだおれ太郎。グリコ。巨大なフグ提灯《ちようちん》――それ以外にも、つい足を止めたくなるような看板ばかりが建物からせり出している。それらのせいで夜空さえ狭く感じられるくらいだ。その上、歩いている女の子たちの服装も、どことなく違っていた。東京に比べて色彩そのものも豊かだし、皆が個性的な気がする。それに、しっかり化粧している子が多いように感じるのは、普段から渋谷などの繁華街に行かないせいだろうか。

「大阪って、何か、やっぱり違うねえ」

ひたすらきょろきょろして歩きながら、そんな感想しか出てこない。

「アジアって感じがするなあ」

「アジア？」

綾香は、何となく遠い目つきになって、あたりを見回していた。

「密度が濃くて、街に熱があるみたいな感じ、しない？　東南アジアに近いような」

「――綾さん、行ったことあるの？」

「むかぁし、ね」

「どこ、どこ？」

「バンコクとか――それはそれとしてさあ、芭子ちゃん。そろそろホテルに戻ろうよ。私、眠くなってきた」

「なによ、もう？　まだ宵の口なのに」

考えてみれば無理もない話だった。毎朝三時起きの彼女は、休みの前日でもない限りは九時前には眠りにつく。小麦粉などの重たい荷物を運ぶことも多いし、何しろ全身をつかう仕事だから、昼寝をしなければとても身体《からだ》が持たないとも言っている。そんな彼女が、いつもとは生活のリズムも違う上に、昼寝もせずに一日中遊び回って、眠くならないはずがなかった。

「じゃあ、最後にせめて、たこ焼きだけ食べてから帰らない？　大阪のたこ焼きって、有名なんでしょう？」

「まだお金使う気？　今日さ、芭子ちゃん、何だかんだ結構、使ったでしょう」

「そうだけど。たこ焼きなんて、そんなに高いものじゃないでしょう？　せっかく来たんだよ。いいじゃない」

うーん、と口を尖《とが》らせている綾香の腕をとって、「ね、そうしよう」と言っているときだった。ちょうど芭子たちが差しかかった居酒屋から「ふざけんなっ」という声が聞こえてきた。同時に、ぱんっと引き戸が開いて、のれんの奥から黄色いTシャツにエプロン姿の男が、濃紺のスーツを着た男を突き飛ばすようにしながら出てくる。

「今、何時やと思うとんねん！　こんな、お客さんの一番多いかき入れ時になって、のこのこやってきて、何が『すみませんでした』じゃ。今日一日で、うっとこがあんたに何回電話したと思うてるんや。ええっ！」

今にも摑《つか》みかかりそうな勢いで、Tシャツの男がサラリーマン風の男を睨《にら》みつけている。

「エエか、うちら客商売はなあ、一日なんぼでやりくりしてんねや！　あんたかて、こういう店相手の商売してるんやったら、それくらい分からんわけ、ないやろうっ。買わすときだけ、やいのやいの言うてからに、いざ買《こ》うてみたら故障、故障、故障や。

そんだけでも、どんだけ頭に来とるか分からんいうのに、何やて？　新品には取り替えられへんやと？　修理は来週？　やってられるかい、ど阿呆《あほ》っ！」

Tシャツの男がスーツ姿の男の肩をどん、と突いた。それに対して、見たところ四十代くらいのスーツの男が何かもごもご言っているが、こちらは聞き取れない。

「ええから、もう去《い》ね去ね、去んだってくれっ！　おのれの顔なんか、もう二度と見とうないわいっ！」

怖いことは怖かった。だが、あまりに威勢のいい大阪弁に、思わず聞き惚《ほ》れてしまった。まるで、ドラマか映画でも観《み》ているようだ。ついついぽかんとしていると、なおも低い声で何か言いかけていたスーツ姿の男が、とうとう居酒屋の男に突き飛ばされた。あっ、と思ったときには、男はよろよろと後ずさって、芭子たちの少し先で尻《しり》餅《もち》をついた。

「しつこい言うとんねや。ええなあっ、もう二度とそのツラ、見せるんやないでえっ！」

最後に吐き捨てるように怒鳴りつけて、男は店に戻ってしまった。一人取り残された男は、路上に尻餅をついたまま、しばらくぼんやりとしていた。ようやく動き出したのは、五秒か十秒ほどした後のことだ。人の流れが元に戻り、何ごともなかったようなざわめきに包まれる。芭子たちはまだ、その男を見ていた。

のろのろと立ち上がり、尻のあたりを手ではたく。いかにも気だるそうに傍に落ちたナイロン製の鞄《かばん》を拾い上げ、髪をかき上げて、男は、ふとこちらを向いた。ずい分と暗い目つきの人だなと思ったときだった。

「倉本《くらもと》くん」

隣で声がした。振り向く間もなく、綾香がすっと前に出て行く。

「倉本くんでしょう？　そうだよねえ？」

すると、男の顔つきも変わった。

「私、分からない？　大芝《おおしば》、大芝綾香」

「大芝？　え――本当に？」

男の表情が大きく動いた。芭子が呆気《あっけ》にとられている間に、綾香の「わあ、やっぱり！」という声があたりに響いた。

「こんなところで会うなんて！」

「こっちこそ――あの――へえ。びっくりしたなあ。本当に、大芝？」

「あったりまえじゃない！」

「ええと――あの。何だ、大芝って今、こっちなのか？」

「東京。実はね、今朝、来たんだ。生まれて初めて」

「へえ——今朝？　初めて？」

男の目がすっと流れてこちらを見る。芭子は、どういう顔をしたらいいのか分からないまま、とりあえず曖昧《あいまい》に会釈《えしやく》をした。男の視線を追うかのように、綾香が、くるりと振り返った。その瞬間、芭子は「ああ」と思った。まあ、何という笑顔になっているんだろう。まさしく目が覚めたような顔ではないか。それだけで、相手との関係が察せられるというものだ。小さく手招きをされて、芭子も仕方なく前に進み出た。

「友だち。今朝、一緒に来たんだ。で、たまたま、ご飯の後でね、ぶらぶらしてて。たった今、この辺を通りかかって」

綾香は「本当に、たった今」と繰り返した。彼が尻餅をついたところなど見ていないと強調しているつもりらしい。

「ほら、私たち、大阪は初めてなもんだから、もう、キョロキョロしちゃって」

男は「ふうん」というように頷《うなず》きながら、ちらりと自分の腕時計に目を落とす。やはり、目元が何ともいえず暗い印象だ。たった今、あのような罵倒《ばとう》のされ方をしたことを考えれば、仕方がないのかも知れないが。

「それでね、この辺に美味《おい》しいたこ焼き屋さんはないかなあって話してたところ。有名だって聞いたから」

「たこ焼きか――食べたいの」

「一応ね。せっかく来たんだし」

「じゃあ――俺が案内しようか。居酒屋だけど」

「えっ？　倉本くんが案内してくれるの？　居酒屋に？」

「この近くだからさ。よかったら、そっちの友達も一緒に」

「やった、ラッキー！　よかったねえ、芭子ちゃん」

さっきまで眠い眠いと言っていた人とも思えなかった。第一、いくら綾香の知り合いといっても、芭子にとっては初対面ではないか。しかも、そう取っつきやすい雰囲気の人でもない。むしろ、出来ることなら近づきたくないタイプだ。その上、芭子たちは彼がもっとも見られたくないと思うだろう場面も見てしまっている。

気が進まないよ。やめておこうよ。

だが、芭子が目で訴えている思いなど、綾香はまるで読み取ろうともせずに、すっかり浮かれた顔つきになっている。

――先に帰るって、言おうか。

二人の関係も分からなければ、どんな話題になるかも分からないではないか。もともと誰のことでもすぐに好きになるのは綾香の癖だ。懐《なつ》かしい人に出会って、またもや一気に熱が上がるかも知れない。もしも、妙な雰囲気にでもなられたら、芭子としては余計に居心地が悪くなる。それでも、綾香一人を残してホテルに帰るのは、やはり気がかりだった。何しろ、ここは大阪だ。右も左も分からない。

「さあ、行こう、行こう」

結局、一人であれこれ迷いながらも、二人のあとからついていく形でたどり着いたのは大衆居酒屋だった。どこかレトロな雰囲気の、木製の鍵《かぎ》つきの下駄箱に靴を入れるときには、そういえば学生時代に何回かこういう店に来たことがあるのを思い出した。お酒の味をほんの少し覚えたばかりの頃だ。まだホストクラブなど、行ったこともない頃だった。

「庶民的な店で悪いけど」

思わずきょろきょろとあたりを見回していると、倉本という男は口元だけを奇妙に歪《ゆが》めて話しかけてきた。芭子は思わず「いえ」と小さく首を振った。庶民的どころか、店内の明るさが眩《まぶ》しすぎるくらいだ。こんな世界に、また足を踏み入れることになろうとは思わなかった。しかも、大阪で。

広々とした店の奥へと案内され、掘りごたつ式の席に落ち着くと、すぐに「お飲み物は」と聞かれた。

「生ビール三つ。で、いいですか？」

倉本は迷う様子も見せずに、即座に注文する。芭子は、ちらりと綾香を見ただけで、あとは黙って頷いただけだった。改めて明るい店内で向き合うと、倉本という男は、それなりに鼻筋も通っていて、意外と整った顔立ちをしている。若い頃は、かなり二枚目の部類に入っていたかも知れない。だが、やはり全体に暗い印象なのは否《いな》めないし、目もとというか、頬というか、どこかに荒《すさ》んだ雰囲気が漂っていなくもなかった。それに、さっきかき上げていた髪も改めて見るとかなり少なくなり始めているらしく、地肌が透けて見えるようだ。

――要するに、そういう年齢っていうことなんだろうか。

ぼんやりと考えている間に、綾香が「あのね」と口を開いた。とりあえず芭子のことを倉本に「友だち」と紹介している。近所に住んでて、親戚《しんせき》みたいなつきあいの子なのよ、と。

「で、この人は、倉本豪介《ごうすけ》くんっていって、高校の時の同級生」

「あ――高校の」

「そうそう。こう見えても、私たちの学年では、っていうか、下級生からも、かなりの人気だったんだよ。バスケ部のキャプテンだったし、文化祭の実行委員長とか、生徒会とかもやってたし。ねえ？」

倉本が、「いやあ」というように微《かす》かに笑った。だが、その笑顔を見て、芭子はいよいよ嫌な気分になった。綾香が言うような、そんな爽《さわ》やかな印象など、どこにもない。相好を崩すといえば、普通はどんな顔だっていい顔つきに見えるものだと思うのに、倉本の笑顔は、どう言えばいいのか、芭子の目には「黒く」見えたのだ。

――どういう人。ねえ、綾さん。この人、大丈夫？

二人きりになる機会が出来たら、すぐにでも尋ねてみたいと思っている間にも、綾香は「ほら」などと言いながら、芭子にも見やすいように居酒屋のメニューを開いている。倉本の方も、「大阪では安くて旨《うま》い店でなければつぶれる」などという話をしていた。

「何か、東京にはないようなメニューがいいかな。結構歩いたから、お腹《なか》もこなれてるよねえ？」

「でも、綾さん、明日の朝も早いから――」

「大丈夫だって、あんまり胃に負担のかからないものにすれば」

とんちんかんな答えに内心で舌打ちをしながらも、それ以上は言えなかった。ビールが運ばれてくると、綾香は周囲の雑音の中でも一際《ひときわ》目立つくらいに「乾杯！」と声を張り上げた。

「何年ぶり？　卒業以来だから——二十四年ぶりだよ。ほとんど奇跡だよね！」

ジョッキに口をつけながら、ちらりと倉本を見る。よほど喉《のど》が渇いていたのか、綾香の話を聞くそぶりも見せずに、彼は息つく間もなくジョッキを傾けていた。その眉《み》間《けん》に二本、深い縦皺《たてじわ》が寄って、まるで怒っているかのようだ。あまりにも一気にビールを飲み続けているから、さすがの綾香も一瞬、呆気にとられたような顔になった。瞬《また》く間にジョッキを空けてしまうと、ふうう、と大きく息をついて、倉本は、すぐに店員を呼んだ。

「お姉さん、焼酎《しょうちゅう》ね。芋。ロックで——それで、大芝は、大阪には何で来たの」

ようやくこちらを見る倉本に、綾香は、さも楽しげな様子で、「それがさあ」と商店会の福引きの話を始めた。

「私、くじ運なんて、いい方でも何でもないんだけどね」

「それ、大芝が当てたのか」

「そうそう。それで大騒ぎして、この子にすぐに電話してね」

さっきから、この男はずっと綾香を「大芝」と呼んでいる。聞いたことはなかったが、おそらく、それが彼女の旧姓なのだろう。大芝綾香。芭子の知らない、ごく普通の人生を歩んでいた頃の彼女が、そこにいる。

「ホント、ラッキーだったっていうか。だから私も今回は仕事を休ませてもらって、張り切って来たわけ」

「仕事――大芝って、今、何してるの」

ひやりとなった。あまり個人的な話題にはなって欲しくない。それに、綾香のことだ。調子に乗って、どこでボロを出すか分からない。芭子は、いつでも彼女に合図を送れるように、何気なく左手をテーブルの下におろし、注意を怠らないことにした。頰杖《ほおづえ》をついて、さり気ない表情を保っているものの、芭子の目から見て、やはり倉本という男はどこか気を許せないと思うのだ。男を見る目がないことは十分に自覚しているが、その芭子から見ても、何かしら、ざらりとした嫌な感じを受ける。時折、芭子を見る目だって、粘っこくて薄気味が悪い。

「私？　今ねえ、パン屋さんに勤めてるんだよね」

「へえ、パン屋ねえ。山崎パンとか、木村屋とか、そういうとこ？　工場か？」

「違う、違う。商店街の中の、個人でやってる小さいパン屋さん」

「ああ、店員か。そっちの、友だちも？　何さんだっけ」

「――小森谷です。私は、あの――今のところはフリーターっていうか」

「フリーターか。いいなあ、するとつまり親のスネでもかじりながら、のんびり暮らしてるんでしょう。そんな感じだもんな」

「――そういうわけでも」

「それで、二人揃《そろ》って遊びに来たっていうわけ。結構な身分じゃないか。ふうん」

綾香はどうしてこんな男との再会を喜んでいるのだろうか。言うことにいちいちトゲがある。確かに、そう愉快な気分ではないのだろうということは想像がつく。ついさっき、あんな風に人前で罵倒されて、路上に突き飛ばされまでしたことを思えば。

――でも、だからって。私たちには関係ないのに。

やがて、料理がテーブルに並び始めた。生麩《なまふ》の田楽。黒豆の枝豆。カニ味噌《みそ》のカナッペ。ブタの角煮――空腹ではないと言ったはずだが、倉本は綾香の意見も聞かずにぽんぽんと注文をし、さらに、早くも焼酎のお代わりまで注文をした。ずい分と早いペースに思える。

「さあ、食べてよ。小森谷さんも」

とりあえずは微笑《ほほえ》んで見せたものの、箸《はし》を取る気にもなれなかった。そのとき、綾香が「あ」と声を出してこちらを向いた。

「芭子ちゃん、たこ焼きが食べたかったんだもんね。倉本くん、たこ焼き、注文してくれた？」

「ああ、忘れた。そんなに大層なもんでもないよ。こっちの人間は、やたらと粉ものが好きだから、何かっていうと、やれたこ焼きだ、お好み焼きだって言うけどさ」

「――でも、食べてみたいんだよねえ」

「あ――あの、もう、いいです」

「いいよ。食べようよ。すいませーん！」

店員に向かって大きく手を振り、綾香はまたこちらに笑顔を向けた。

「あのさあ、芭子ちゃんだから言っちゃうけど、私さあ、高校のとき、この人とちょっとだけ、仲良かったんだよね。こう見えても私もね、その頃はちょっと可愛《かわい》かったわけよ。自分で言うのもナンだけど、結構、可憐《かれん》な感じでねえ。で、お互いの下駄箱の中に手紙入れっこしたりして」

そんなことだろうと思った。つい倉本の方を見ると、彼は口の端に、いかにも皮肉っぽく見える笑みを浮かべている。その顔を見た瞬間、背筋がぞくっとなった。隣の席で「くひひひひ」と肩をすくめて笑っている綾香だけが、この場の空気をまるで読めていない様子だった。

5

綾香の質問に答える形で、倉本は現在、厨房《ちゆうぼう》機器のメーカーに勤めていると言った。大阪に来て三年目になるという。その前は名古屋にもいたことがあるのだそうだ。

「それで、あんな時間まで仕事だったの？」

「まあね――いつまでも現場を回らなきゃならないっていう歳《とし》でも、ねえんだけどさ」

「そういうものなの？」

「部下が、ちょっとヘマやらかして、その上に勝手に休みやがったもんだから――とんだとばっちりだよ」

倉本は、舌打ちとため息を繰り返す。芭子は、ちらちらと綾香に目配せをしていた。そんな話を聞かされても困るではないか。綾香も、すぐに気を取り直すように「それはそれとして」などと口調を変えた。それから盛んに高校時代の話を始める。

「そういえば、あの頃、学校の帰りっていうと寄ってたお好み焼き屋さんが、あったよね。バスケ部の子たちが、たまり場にしてた」

「――ああ、『ひさご』な」

「そうそう、『ひさご』！　私、何度か店を覗《のぞ》いたことあったじゃない？　そうすると嫌がったよねえ、倉本くん」

「――そうか？」

「そうだよ。それでさあ、すごい怒った顔とかして見せちゃったりして」

「――そうかな」

実に他愛ない話に過ぎない。だが、喋《しゃべ》っているのはほとんど綾香ばかりで、倉本の受け答えは、常に気のないものだった。そして、ひたすら焼酎のロックばかり飲んでいる。

「そういえば、入学式の日だったんだよね。初めて倉本くんと話したの」

「――そうか」

「覚えてない？　ほら、上級生と間違えて、私が『すみません』って。下駄箱が分からなくて」

「――そうだったかな」

三人が三人とも、料理にはほとんど箸をつけていなかった。後から注文したたこ焼きだけは、芭子が責任を感じて半分だけ、ぽつり、ぽつりと食べた。ころころと並んだたこ焼きの上では大量の削り節が踊り、細い糸のようなマヨネーズがかかっていた。口にふくむととろりとしたなかに柔らかいたこが入っていて、なるほど、なかなか美味《おい》しかった。

「――もう、忘れたな」

どれくらいの時間が過ぎただろうか、少しの間、話題が途切れたとき、ふいに倉本が大きなため息と共に呟《つぶや》いた。テーブルに置かれたグラスに手を添えたまま、彼は背を丸め、もう一度ため息をつく。

「ずうっと、ずううっと、昔のことだもんな」

もともと男性の年齢というものが、芭子にはどうもよく分からない部分がある。それにしても、この人が綾香の同級生だというのには、どうもピンと来なかった。綾香よりもずっと老《ふ》けて見える。老けて、疲れて――薄汚れて見えた。

「あの頃、まさかなあ、こんな格好で――また会うなんて、思いもしねえもんなあ。しかも大阪なんかで」

「そりゃあ、そうだよ。私だって、びっくりだもん。こうしてたって信じられない」

「本当だよ――まさか――こういう形で――大芝と――」

そこまで言いかけて、倉本の首が突然、がくんと前に折れた。芭子が思わず息を呑《の》みそうになるほどの勢いだった。ほとんどテーブルに着きそうなほどうなだれたまま、倉本は「まさかなあ」と繰り返している。急に酔いが回ったのだろうか。大丈夫だろうかと綾香と顔を見合わせていたとき、倉本は、今度はぐっと胸を反らすようにして顔を上げた。いつの間にか、完璧《かんぺき》に酔っぱらいの顔つきになっている。

「おまえ――子どもとか――いるわけ？」

ひやりとなった。芭子は、つい反射的に隣を見てしまった。綾香は伏し目がちなまま、ただ無表情に「ううん」と言った。

「俺んとこは、いるわけ。ふたぁり。両方とも男でさ、今は――中二と、小五でな」

「――そうなんだ」

「俺はさあ、奴《やつ》らのために、必死なわけよ。こう見えても――養育費ってヤツ、払わなきゃならないからさあ。あんな女のことは、もう今さら、どうなったって知ったこっちゃないけど、子どもらは――あれは、俺の子どもだからさあ」

そこまで言って、またがっくりとうなだれる。要するにバツイチということらしい。芭子は、またもや綾香と顔を見合わせた。綾香の顔には疲れとも、あきらめともつかない、けれど、意外なほど柔らかい笑みが浮かんでいた。その目が、我慢してやってね、と言っている。

「――子どもさん、奥さんと一緒なんだ」

「――そういうこと、だ――そう」

「たまには、会ってる？」

するると、倉本は「ちっ」というような音を立て、ぐらぐらと首を振っている。頷《うなず》いているのか否定しているのか分からない。とにかく芭子から見えるのは、頼りなく揺れている地肌が透けた頭頂部だけだった。何だか嫌な雰囲気になってきた。そろそろ腰を上げる潮時だと思った。これ以上、長居をしていては、面倒なことになる気がする。そのとき、倉本が、今度は「ふううう」と長い息を吐き出した。

「会ってる――会えてるかって？　無理に決まってんじゃねえかよ。そんなの。金は送れ、だけど、ガキには会うなって――勝手なこと吐《ぬ》かしやがって――第一、あいつら、仙台だもん――そう簡単に、行けやしねえって。金ならなあ、手続きすりゃあ、ぱっと移動するんだけどな――俺は、そういうわけには、いかねえんだ」

相手に見られているわけでもないのに、律儀《りちぎ》に頷いている綾香の袖《そで》を、芭子はさり気なく引っ張った。振り向いた綾香に、口を動かしただけで「帰ろう」と伝える。綾香が何か言いかけたとき、「なあ」と、再び倉本が声を上げた。それから、ゆっくりと顔を上げる。さっきよりもさらに顔がムラに赤くなっていて、目つきも余計に不気味になった。

「仙台だぞ。仙台！　なあ？　俺らのふるさと——もう何年、帰ってないと思う？」

ああ、面倒だ。芭子は「ちょっとトイレ」と言って、そそくさと席を立ってしまった。戻ってきたら、それを合図に、何としてでも帰ろうと言うつもりだった。

——仙台。

綾香のふるさと。

おそらく、もう二度と帰ることもない土地。綾香の息子は、やはりそこに暮らしているのだろうか。もうずい分大きくなっているのに違いない。だが綾香は、ふるさとについても、また残してきた息子のことも、絶対に語ろうとはしない。口にしてしまえば会いたくなるに決まっている。だから、すべての感情を抑え込むために、あえて一切を語らないことにしている。それが分かるから、芭子もあえて、そういう話題は出さないようにしている。

それにしても面倒な男と出会ってしまったものだ。これ以上呑まれて、泥酔《でいすい》されたのでは余計に困ることになる。何としてでもここで帰るべきだ。洗面所から戻ると案の定、倉本はほとんどテーブルに突っ伏しそうな格好になっていた。まさか眠ってしまったのではないだろうか。芭子は、困惑したような顔つきの綾香に倉本を指さして見せながら、声に出さずに「寝てるの？」と尋ね、綾香が曖昧《あいまい》に首を傾《かし》げているのを確かめてから、改めて倉本を見た。

「あの――」

「そりゃあ、俺なんか駄目なサラリーマンですよ。どうせ、そうだ――だけどなあ、あれはねえよ。あれはよう――こっちだって今日一日、朝から晩まで大阪中をかけずり回ってあっちで怒鳴られ、こっちで頭下げて、必死で何とかたどりついたっていうのに――」

駄目だ。相手がこういうことを言い出したら、本当に切り上げるに限る。子どもの頃、父が自宅に会社の仲間や部下たちを連れてくることがあって、母がよくこぼしていた。

――人が聞いてもいない愚痴を勝手に言い始めたら、もう帰ってもらいたいわね。そこから先は自分の株が下がる一方だって、どうして分からないのかしら。だから酔っぱらいは嫌い。大嫌いだわ。

当時、まだ幼かった芭子が見るときの彼らは、常に礼儀正しく、芭子にも優しく声をかけてくれる紳士らしい姿ばかりだった。だが、やがて応接間から信じられないほど大きな声が聞こえるようになり、手洗いに行くだけでも、どすん、ばたん、と乱暴な音を立てるようになってくると、母は時としてこめかみを指で押さえながら「本当に」と顔をしかめていた。挙げ句の果てに寝込んでしまったり、家に泊めざるをえなくなる場合もあって、そんなときには、父は翌日、いつにも増して母に気をつかい、小さくなっていたような気がする。

「――俺だって、必死なんだ――これでも頑張ってるんだ――」

一人で同じ台詞《せりふ》を繰り返している倉本の頭頂部を睨《にら》みつけ、それから綾香を一瞥《いちべつ》した後、芭子は思い切って「あの」と切り出した。

「私たち、そろそろ。ホテルに戻らないといけないので」

すると、倉本がぱっと顔を上げた。意外なほど反応が早い。だが、その口元はすっかり緩んで、どろんとした目は粘り着いてくるようだ。その目で周囲を見回し、彼は「ホテルか」とうめくような声を絞り出した。

「あれ、お宅――ああ、大芝の友だちだ。ですよね。あれ、うーんと、たこ焼き、食べました？」

「あ――はい」

「食べた？　本当に？　大したこたあ、ないでしょう？　なあ。どうってこたあ、ないんですよ。あんなもん。大阪なんて、そんなもんだ」

「あの――そろそろ」

「――そうだな――ああ、もうこんな時間か――何か、すいませんねえ。俺、ちょっと今夜はねえ――調子、狂っちゃって」

倉本は大きく息を吸い込み、しばらく一点を見つめたままぼんやりしていたが、一つ、大きく息を吐き出すとふいに「大芝」と呼んだ。

「おまえさあ」

「なあに」

「帰って、くんなよな」

「――え」

「仙台にさ――おまえのために、言ってるんだ」

綾香の顔が、すっと固まった。芭子もテーブルの脇《わき》に膝《ひざ》をついたまま、思わず息を呑んだ。倉本の頭が再び揺れ始め、彼は、もう半分寝かかっているかのように目を閉じた。

「帰ってくんな。いいな」

倉本が、ゆっくりと嚙《か》みしめるように呟く。

「俺も――今日のことは、誰にも言わない。おまえに会ったとか、どうしてたとか

——まあ、俺だって、そうそう帰れるわけじゃないし——同窓会とかも、出るつもりもないけどな。女房——別れた女房も、うちの学校だったし」

つい、手が口元にいっていた。そうしていないと何かの声が出てしまいそうな気分だった。

——知られていた。

考えてみれば当たり前の話だ。もと同級生なら、噂《うわさ》が耳に届いていて不思議はない。

思わずすがりつく思いで綾香を見る。綾香は微《かす》かに唇を噛んで、一点を見つめていた。

どんなことがあってもうつむくものかと、自分に言い聞かせているかのようだ。

「——そう思うから、俺も、今夜はみっともない姿を見せたのかもな。もう、二度と会わないから——いいよ。なあ。先に帰れよ。あとはさあ、適当にやるから」

「——あの、支払いは」

「いいよ——そんなの」

「でも、それじゃあ悪いから」

「いいんだよっ！」

突然、倉本が声を張り上げた。一瞬、店内のざわめきがたち消えて、すぐに再びもとの状態に戻る。

「だから——もう、行けよ」

芭子は相変わらず自分の口元を押さえたまま、必死で涙が出そうになるのをこらえていた。身体《からだ》が震えそうだ。怖くて怖くて、たまらない。別天地だと思っていたのに。誰にも知られていないと、すっかり安心していたのに。

「——ごちそうさまでした——倉本くんも、元気でね」

うなだれたままの倉本に、あまりにも深々と頭を下げる綾香を、まともに見ていられなかった。芭子はいつの間にか、しがみつくように綾香の腕を摑《つか》んでいた。

昨日の今ごろは、まだ東京にいた。さんざん笑って、はしゃいで、夢のような一日が過ぎたと思ったのに、今、まるで逃げるような気分で大阪の街を歩いている。夜が更《ふ》けて、ミナミはさらに賑《にぎ》わいを増していた。あちこちから、客を呼び込む声が響く。サラリーマンたちが笑いながら通り過ぎ、若い女の子たちが連れ立っていく。それらの人々に混ざって、芭子たちはただ無言のまま、ホテルに向かって歩いた。明日の今ごろは、もう東京にいる。今夜のことも全部、全部、過去に押し流している。

ホテルの部屋に戻って、どちらからともなく風呂《ふろ》を使い、ベッドに入るまでの間も、二人はほとんど口をきかなかった。真新しいスヌーピーを隣に置いて、「じゃあ」とスタンドを消したが、いくら部屋を暗くしても、とても眠れそうにない。

　——何ていう一日。

　何度、深呼吸をしても胸が重くて息が苦しい。いくら昼間の楽しかったことを思い出そうとしても、すぐに倉本の暗い顔が浮かんできて、すべてをかき消してしまった。まったく。どうしてよりによって、あんな場所で声などかけたのだろうか。昔の知り合いになんか。ちょっと考えれば分かりそうなものなのに。だが、芭子よりも、もっと傷ついているのは、他ならぬ彼女だ。

「——芭子ちゃん。もう、寝た？」

　闇《やみ》の向こうから、囁《ささや》くような声が聞こえてきた。一瞬、寝たふりを決め込もうかとも思ったが、芭子は「まだ」と答えた。隣のベッドからもそもそと衣擦《きぬず》れの音がする。

「あのさ——」

「——うん」

「ごめんね」

「——私に謝るようなことじゃあ、ないでしょう」

「だけど。芭子ちゃんも、ショックだったでしょう」

「——ショックっていうより、びっくりしたっていうのかなあ——」

　芭子もベッドの中で寝返りをうち、ふう、と大きく息を吐き出した。

「やっと、誰も知らないところに来たと思ってたのに。やっぱり、日本て狭いのかなあ。たった一泊で来ただけなのにね」

闇に包まれたまま、芭子は天井に向かって両手をのばした。やっと少し希望が見えかけた気がしていたのに、あれは幻だったのだろうか。やはり、未来は闇に閉ざされたままなのだろうか——だが、そんなのは嫌なのだ。昼間、感じたように、自分は生きているのだともっと実感したい。そしてまたいつか、もう一度、旅に出られるようになりたい。

「それにしても、すっかり変わってたなあ」

「誰。倉本さん？」

「昔はすごく明るくてねえ、冗談ばっかり言って、本当に楽しい人だったんだよ。いっつも周りを笑わせて」

「そんなの、信じられない。まるっきり想像がつかないよ」

「だよねえ。あんな暗い顔して、見るからに卑屈な感じで——あれじゃあ、はっきり言って、どっちが前科者《マエもち》か、分かったもんじゃないと、私も思った」

つい、頬が緩んだ。倉本という男は、どう思っただろうか。夫を殺した過去を持つ女が、遊園地で遊び、お笑いを見るためだけに、わざわざ大阪まで来たと知って。しかも、招待で。その上、一緒に来たのはムショ仲間と来ている。もちろん、あの男はそこまでは考えもしていなかったに違いないが。

「どうせ綾さんのことがバレてるんなら、私も言ってやればよかったかな」

「何て」

「『私も一緒に臭い飯を食った仲なんですよ』って」

闇の中で、綾香の気配が微かに動いたのが分かった。だが、いつものような笑い声は聞こえてこない。大概のことは笑い飛ばして、無理にでも明るく振る舞う彼女だが、さすがに今夜ばかりは衝撃が大きかったのだろう。もしも立場が逆で、芭子が昔の同級生に再会してしまったとしたら、きっと今ごろは死にたくなっているはずだ。そこまで考えて、芭子は思わず「綾さん」と彼女を呼んだ。

「ねえ、綾さん——元気、出してよね」

返事がない。

「何だったら、今夜、私のピーちゃん、貸してあげようか」

それでも何も聞こえてこなかった。こちらの方がドキドキしてきた。スタンドを点《つ》けようかと思う。だが、そこで綾香の涙など見ることになったら、もっとつらい。

「あの——ねえ、綾さん」

闇の中に身を起こして、ひっそりと囁きかけてみる。そのとき、「くくっ」というような音が聞こえた。ああ、嫌だ。やっぱり泣いている、と思ったとき、「ぐうう」という音が続いた。

――いびき？

いかにも健康そうな、規則正しい軽やかないびきが続く。闇の中で、芭子はしばらくの間、綾香のいびきを聞いていた。何て屈託なく聞こえることだろう。今日がどんな一日で、どんな締めくくりだったかなんて、まるで想像もつかない、いかにも気持ちのよさそうな。

刑務所の中でも、よく考えたものだった。結局、たとえどんな一日を過ごしたとしても人は食べて、寝て、翌日を迎えるのだ。そしてまた、違う日を過ごす。ほとんど代わり映えがしなくても、まったく同じ日というものは二度とない。いくら思い煩《わずら》うことがあっても、翌日にはまた違う日になり、そうして否応《いやおう》なしに時は流れて、何かが積み重ねられていく。自分たちに出来ることは、流れに身を任せることだけだ。そうするうちに、いつか何かが見えるかも知れない。

今日は今日で、おしまい。そしてまた、違う明日がやってくる。

「――おやすみ」

真新しいピーちゃんを顔の横に置いて、芭子も再び身体を横たえた。昨夜はバスの中で窮屈だったから、両手両足を思い切り伸ばせるだけでも嬉《うれ》しかった。

翌朝は最悪だった。何しろ六時前から綾香が起き出したのだ。「よいしょ」という声が聞こえたかと思ったら、さっとカーテンを開けられて「グッドモーニング！」と声を張り上げられ、芭子は思わず顔の近くにあったものを投げつけた。

「ありゃ。新しいピーちゃんを、もうこんな目にあわせて。なんてひどいご主人様だろうねえ」

しまった。今のはピーちゃんだったかと気がついたが、そんなことより、何よりも眠たかった。芭子は毛布を引っ張り上げて頭からかぶった。

「だって、もう、すごいんだもん、綾さんのいびきが！　私、ほとんど眠れなかった！」

「あれ、私、いびきなんかかいてた？　おかしいなあ。あそこにいた頃はそんなこと、なかったよね」

「知らないよ、もうっ」

「お酒飲んでたからかな。まあ、いいからさあ。起きなさいよ、芭子ちゃん。お散歩しましょ」

「嫌だ！」

「気持ちいいよ。大阪の朝だよ。さあ、起きよう、ねえ、芭子ちゃんってば！」

「——ああ、もうっ！」

うるさくて、眠れたものではない。やけっぱちのように毛布から顔を出すと、芭子はしょぼつく目をこすりながら、やっとのことで身体を起こした。

「綾さん——何だって、そんなに元気なの」

声だってかすれている。だが、そんなことにはお構いなしに、綾香はさっさとベッドの乱れを整えて、もう出かける支度をしている。

「早起きは三文の徳って、いうでしょうが。大阪っていえば、食い倒れの街なんだよ。朝から美味《おい》しいお店が開いてるかも知れないじゃないのよ」

「だって、朝ご飯はホテルで——」

すると綾香は、さっと片手を腰に当てて仁王立ちになり、もう片方の手の人差し指を立てて「ちっちっちっちっ」と顔の前で振ってみせる。

「芭子ちゃん、知ってる？　神戸とか、こっちはねえ、パンが美味しいんだって」

「——知らない」

「せっかく来たからには、せめて何軒かのパン屋さんを回って、研究のためにも食べてみなきゃ。だから探検に行くんだよ。吉本見物しながら食べたっていいしさ」

「あ——待ってよ。すぐ支度するから」

仁王立ちの綾香は、「むふふふふ」というように笑いながら芭子を見ている。それから「五分だよ」と腕時計に目を落として言った。

「いいね、時は金なり！　昨日今日と、とんでもない贅沢《ぜいたく》してるんだから、その分、取り返さなきゃ！」

フロントの前で待っているからと言い置いて、綾香はさっさと部屋を出ていってしまった。芭子は、転げ落ちるようにベッドから出ると、「ああ、もうっ」と独り言を言いながら、とにかく大あわてで服を着替え始めた。本当は昨晩、綾香が何度からなされていたことは、もう忘れることにした。

毛糸玉を買って

1

赤。白。緑。

レジかごの中に並んだ毛糸玉を見下ろして、小森谷《こもりや》芭子《はこ》は微《かす》かに気持ちが躍るのを感じた。この色の取り合わせを見ただけで、もうクリスマスらしい気分になる。何かしら楽しげな感じがしてくるから不思議だ。

「ちょっとちょっと、芭子ちゃん」

茶色の毛糸もひと玉くらい買っておこうかなと考えていたら、買い物につき合ってくれていた江口綾香《えぐちあやか》が片手をひらひらさせながら「すごいもんだわよ」と、どこからか戻ってきた。

「ぐるっとひと回りしてきたんだけどさ、あんた。毛糸ってこんなにあるんだわねえ。びっくりしちゃった、もう。向こうの棚なんかさ、イタリア製からフランス製でしょ、それからドイツの毛糸なんかもあった。色だってすごく綺麗《きれい》だしさあ、色んな太さや輪っかになってる糸が縒《よ》り合わさってるのとか、ラメ入りとか、もう何か、すごいわ。それに、まあ、いい値段してること」

いかにも感心した表情でまくし立てる綾香に、芭子も「でしょう」と頷《うなず》いて見せた。芭子だって、この店に来るようになって初めて、毛糸の種類の豊富さを知ったようなものだ。

「そのうち、そういう毛糸で綾さんのマフラーでも編んであげるからね」

すると綾香は、わざと頬の肉を揺らすように「とんでもない」と首を振る。

「いいって、私は。去年、芭子ちゃんが編んでくれたヤツで十分」

「あんなの、百均のアクリル毛糸じゃないよ。色だって安っぽいし。ウールとかカシミア百パーセントの、ふわふわで綺麗な色の毛糸で編んだら、もう、まるっきり違うんだから」

「そりゃあ、違うでしょうよ。だけど、そんな高級毛糸のマフラーなんて――」

「分かってる。もったいないんでしょ」

綾香は「そういうこと」と澄ました顔になり、それから芭子のレジかごをのぞき込んだ。

「それで全部?」

「編み棒がいるんだ。この太さの毛糸は初めてだから」

綾香と連れだって小物の売り場に向かいながら、やはり気持ちが浮き立つのを感じる。このところ出費が続いていた。「仕方なく」買っているのだが、それでも買い物というのは、何ともいえず楽しいものだと改めて思う。お金を使うという行為は、どうしてこんなにも気持ちを晴れやかにさせるのだろう。使ってしまえばなくなると分かっていながら。なくなれば、どん底に落ちると、理屈では十分に承知していながら。

「それにしてもさあ」

上野広小路の専門店を出て雑踏を通り抜け、ようやく根津に向かって歩き始めたところで綾香がわずかに難しい表情でこちらを向いた。

「ちゃんと元が取れるんだろうね」

「何の？」

「だって、芭子ちゃん。これまでにいくら使ってると思ってんのよ。この間買ったロックミシンなんかだって、すんごく高かったんだしさ」

いつか言われると思っていた。「必要だから」という理由で、このところ出費を重ねていることを、綾香がこのまま黙って見過ごすはずがないと思っていたのだ。お互いの経済事情は百も承知、その上、何しろ綾香自身、現在は緊縮財政のまっただ中にいる。百円のお金でも倹約する日々だ。贅沢《ぜいたく》といったら月に一、二度、近くの居酒屋に行く程度。息抜きに出かけるといったって、上野や日暮里《にっぽり》、または駒込界隈《こまごめかいわい》といった歩いていかれる範囲だけ。着るものは下着も含めて百均かユニクロ。化粧もほとんどしない。そうして毎日、夜明け前から働き続けている。一日も早く、一人前のパン職人になるために。いつかは自分の店が持てるように。

「——元が取れるかどうかなんて、分かるはずがないけど。でも、必要なことは確かだもん」

その綾香に比べれば、芭子の方はまだ呑気《のんき》なものだった。住まいは祖母が遺《のこ》してくれた古い家があるから家賃の心配はない。銀行の口座には、親から渡された、ある程度まとまった金額が入っている。だからこそ、ここしばらく何の仕事もせずにいても、とりあえず生活に困ることはなかったのだが、だからといって一生、遊んで暮らせるほど潤沢な蓄えというわけでもなかった。

働かなくてはならない。

綾香のように、生業を持たなくてはならない。

ただ単に生活のためというだけではない。これから先の人生を、多少なりとも自信を持って歩んでいくため、誰に頼ることもなく、一人で暮らしていかれるようになるため。そして何より、夢とか希望といわれるものを抱くためだ。生きていてよかったと思えるようになりたい。最後の最後に、後悔したくない。それを、ここしばらくずっと考えてきた。

だが、頭では分かっていても、何よりも意欲が湧《わ》かない、進むべき方向がまるで分からない。そんな日々がずっと続いていた。息を潜めて、ただじっとしている生活が、骨の髄まで染《し》み込んでしまったのかも知れない。肉体は酷使しても、常に生き生きと働いている綾香を見ながら、芭子は自分一人が立ちこめる霧の中に立ちすくんでいるような気持ちになっていた。その霧が、今ようやく晴れようとしているのだ。

「もちろん、必要なのは分かってるよ。だからね、こうして設備投資までして始めることなんだから、簡単に放り出したりしないで、頑張って続けてみなさいねってこと。それ、分かるでしょう?」

本当はちょっと自信がない。気持ちは常に不安に揺れていた。何かあったら、すぐに放り出して逃げ出してしまいそうな気もしている。それでも芭子は、うん、と頷いた。綾香の言う通りだ。それにこれは、思ってもみなかったチャンスなのだ。本当に夢のような話だった。

先月、芭子はやっとアルバイトを見つけることが出来た。経験も学歴も問われず、根津の自宅から徒歩でも通うことが出来て、無資格でもつとまり、さらに不特定多数の人間と会わずに済む仕事というのは、探せば探すほど数が少ない。だが、それらの条件は、芭子にとっては一つとして譲ることの出来ないものだった。だが、やっと見つかったと思ったら先方から断られたり、一足違いでべつの人に決まってしまったりで、思うに任せない状態が続いていた。そうしてようやくありつけることになったのが「パピーカタヤマ」という総合ペットショップでの仕事だった。

店ではイヌ、ネコの他、小鳥、ウサギ、ハムスター、魚なども扱っている。さらに、イヌのトリミングコーナーとブティックも併設されているという、それなりの規模の店だった。

ペットショップの仕事は、まず開店の一時間前に出勤したら、すべての動物の様子をチェックすることから始まる。小さな魚などはひと晩の間に死んで浮かんでいたり、病気らしく動かなくなっていることが珍しくないから、網でそれらの魚をすくいとり、死んでいる場合は処分するし、病気らしい場合は薬剤入りの専用水槽に移す。その後の判断は店名の通りの片山という店主が下すことになる。

続いては子イヌや子ネコが入れられているショーケースの掃除に取りかかる。排泄《はいせつ》物《ぶつ》などで汚れているシーツをすべて片付けるときには、その都度排泄物を目で確認して、健康チェックをする必要もあった。下痢はしていないか、血便などは出ていないかを記録するのだ。小さくて無邪気この上もない、愛らしい生き物たちの中には、無理な交配によって生まれたせいか、どうもひ弱でいつも震えていたり、目やにが止まらなかったりするものがいる。鼻水が出ている。目が赤い。嘔吐《おうと》した形跡がある、身体《からだ》のどこかから出血している――それらの症状を見つけたら、すぐに店の奥にあるべつのケージに移さなければならない。そうしてすべての生き物に新鮮な水と、それぞれに適したエサを配り終える頃には、もう十一時の開店時間になる。

トリマーの資格を持つ店員たちは、予約が入っていればトリミングコーナーに入りっぱなしになることもある。仕入れや経理を担当している店員は伝票を処理したり注文品のチェックなどで忙しい。運転免許証を持つ店員は配達に出る。三人いるアルバイトの店員は、その都度、与えられた作業をすることになるが、中でも、どれについても何一つ経験もなく、資格も持たない芭子は、常におろおろし、右往左往するばかりだった。それでも先輩の店員から教わりながら、小鳥のヒナのためにエサを作って与えたり、遊び盛りの子イヌや子ネコを少しの間だけ構ってやるのは楽しかった。無論、接客の必要も出てくるが、今の段階では客に何を質問されても何も答えられないだけに、もしも声をかけられたら、すぐに先輩の店員を呼ぶようにと言われた。

そうして一週間ほど過ぎた頃、たまたまブティック部門の責任者と一緒に、卸の業者から届いたイヌ用のドレスを箱から取り出していたときだった。盛川《もりかわ》さんという責任者の女性が「本当はこういう服じゃなくてさ」と呟《つぶや》いた言葉に、芭子の方が反応した。要するに、業者が持ってくるイヌ用の洋服が、あまり気に入らないというのだ。盛川さんとしては、もう少し「わんちゃん」に着せたい服のイメージがあるのだが、今のところ、ぴったり来る商品が見つからないということだった。

「私が、作ってみましょうか」

後になって考えてみると、自分でも驚くくらいに気軽に口が動いてしまっていた。正社員とはいえ、相手が自分よりも二、三歳は年下に見えたからだろうか。すると、盛川さんは「本当に？」と、これもまた意外なほど素直に表情を輝かせた。

「小森谷さん、洋裁出来るの？　だったら、ねえ、やってみてよ！」

そして、もしも可愛《かわい》らしい服が作れたら、片山社長に交渉して、店に置いてもらえるように掛け合ってもいいと続けた。

「お客さまの反応次第では、店でアルバイトしてるよりも、あなた、ずっといい稼ぎになるかも知れないわよ」

売り物になると判断されれば、きちんとした値段で引き取ると言われて、芭子は慌《あわ》てて「そんな」と首を振ろうとした。売り物になるかどうかなんて——と言いかけた。だが、そのときも芭子はつい「やってみます」と頷いてしまっていた。完成度の高い、しかも同じ規格のものを作るのには慣れている。何だか急に体温が上がったような、不思議な気持ちがこみ上げた。

突如として、「わんちゃんドレス」のことばかり考える毎日が始まった。まずは店に置かれている商品を見ながら、盛川さんからイヌ用の服に必要な条件を学んでいく。伸縮性、脱ぎ着のさせやすさ、軽さ、愛らしさ——それから盛川さんが思い描いているデザインも聞いた。基本的に、盛川さんは「女の子らしさ」「男の子らしさ」を強調した服と、コスプレとでもいうのか、普通の人間には着せにくい、ペットだからこそ着せてみて可愛く見えるキャラクターものや季節感のある服が欲しい様子だった。

祖母の遺した家には二階の六畳間に、古い足踏み式のミシンが置かれていた。それを使えばいいとばかり思っていたのだが、改めて出してみたらあちこち錆《さ》びている上に、ベルトもすっかり硬くなって伸びきっていた。慌てて業者に相談してみたものの、何しろ古いものだけに、修理するより新しいものを買った方がずっと安上がりだという答えだった。祖母の遺品を手放してもいいものだろうかという気持ちがはたらかなかったわけではない。だが、思い出の品なら、まだまだたくさん残っている。それに今、ミシンが必要なのだ。使えないものにしがみついていても仕方がないと決心して、芭子は古いミシンを下取りに出し、最新式のコンピュータミシンを購入した。さらに、ペットの服の場合は人間の服以上に伸縮する素材を使う場合が多いことから、どうしてもロックミシンも必要だという結論に達した。スチームアイロン、針、定規、チャコペーパーにチャコペンシル、接着芯《しん》、マジックテープ、そして、布やリボン、チュールレース——それまでほとんど使っていなかった二階の六畳間には瞬《また》く間にものがあふれ、格好だけは一人前の、芭子のアトリエになった。

あれこれと試行錯誤の末、最初に作ったのは「女の子用」のエプロンドレスと「男の子用」のボレロだ。また、耳の長いイヌはエサを食べるときに耳が垂れ下がって邪魔になる場合があることから、それを押さえられるヘアバンドのようなものも何種類か作ってみた。

「へえ、気が利《き》いてるじゃない」

盛川さんは芭子の思いつきに目を細めた。彼女からサンプルを見せられた社長は、即座にそれらの服や小物を引き取ると言ってくれた。さらに、洋服に関してはサイズ展開をして欲しいとも言われて、芭子は自分の耳を疑ったほどだ。

「一点ものでぽつんと置いておくより、その方が目立つからね」

ひと口にイヌ用ドレスといっても、チワワなどの一番小さなイヌから、マルチーズなどのための、もう少し大きなサイズ、さらにフレンチブルドッグなどのための大きさ、そして、ミニチュアダックスフント用などでサイズが異なってくる。

芭子にこういう特技があったとはと、片山社長に笑いかけられて、芭子は、これまでに経験したことのない気持ちの高まりと嬉《うれ》しさを感じた。支払われた金額は、正直なところ微々たるものではあったけれど、これまでのような「時給」として渡されてきたものとは、まったく意味合いが異なっていた。

翌日、まずエプロンドレスが売れていった。

「よかったねえ、小森谷さん。お客さま、まるで迷った感じじゃなかったわよ。即断即決で、買っていった」

盛川さんに知らされたときには、胸の底が痺《しび》れるほど嬉しかった。周りに人がいなかったら、きっと泣いてしまっていたと思う。その後、盛川さんが商品のために描いてくれたPOPの助けもあって、ヘアバンドも順調に売れていき、ボレロも売れた。

以来、ペットショップでのアルバイトを続ける一方で、芭子はイヌ用のドレスを作るようになった。最初に作ったエプロンドレスは生地を何パターンか変えて、定番のようになった。その他にも、まずは一点、見本を作って、オーケーが出ればサイズ展開をするという方法で、少しずつ商品数が増えてきている。

「要するに手作り感と『オリジナル』っていうところが、いいんだと思うわ。それを、うちでも強調してるしね。そのうち、ピスネームでもつけるようにすれば？　本当の、小森谷さんのブランドらしい感じに」

つまり、芭子のオリジナルであることを強調するようなロゴなりマークなりをいれた二つ折りリボンを縫い込んでみるのはどうかということだ。芭子はさらに飛び上がりそうになった。

——私のブランド？

そんな信じられない話があるだろうか。だが、盛川さんも言う通り、一体、どこの誰が見つけてくれるのか、芭子の作った服は、店に出せば一週間以内にはほぼ売れてしまうのだ。芭子自身は、いつも不安で仕方がないままなのに、中には「次はいつ入りますか」と質問していく人まで出てきたと聞いて、芭子はますますミシンに向かう時間が増えていった。

たった一列だけだったハンガーのコーナーが二列、三列と増えていき、小物の類《たぐい》もヘアバンドだけでなくニット帽、バンダナ、フェルト製のスタッドカラーなどとバリエーションが生まれた。そうして今度は近づくクリスマスを意識して、クリスマスカラーのニットの服を編んでみようと思いついたのである。

2

「それにしてもさあ、何だって今どきのわんこは洋服着て歩いてるわけ。それも、私らがアクリル百パーのマフラーで我慢してるっていうのに、あいつらはウールだカシミアだ、その上、クリスマスだって。最初っから立派な毛皮着てんだから、必要ないでしょうが」

綾香がつまらなそうに唇を尖《とが》らせる。芭子が「だからね」と言いかけたとき、ちょうど歩道の向こうからミニチュアダックスフントを連れた人がやってくるのが目にとまった。イヌは、ふさふさしたファーのついた真っ白いフードパーカーを着ている。しかも飼い主の女性はといえば、陽射《ひざ》しも強くない季節だというのにサングラスまでしていて、まるでハリウッド女優でも気取っている印象だ。芭子は、隣の綾香を軽く肘《ひじ》で突いた。

「あれ、いくらくらいだと思う？」

「あの服？」

すれ違っていくイヌを眺めていた綾香は、まるで見当がつかないというように軽く肩をすくめる。芭子は、あのパーカーはキルティングのサテン生地を使っているしフードにはファーも使用しているから、安く見積もっても四千円近くはするだろうと説明した。

「ブランド物なら五千円くらいしてるかも知れない」

「四千円！　ちょっと、ふざけんなって話じゃない？　どうしてわんこの服に四千円も五千円も出すわけよ」

「そういうもんなの」

「私のこのブルゾンなんかニッキュッパだったよ。こっちはさあ、痩《や》せても枯れても人間さまだっていうのに」

「痩せても枯れてもいないじゃない」

綾香はふん、と鼻を鳴らす。

「まったく。世の中変われば変わるもんだわね。あたしらがあっちに行ってる間に――」

「またっ、綾さんっ！」

「大丈夫だってば。前にも後ろにも誰もいないんだから。とにかくさ、そう思わない？　何が変わったって、そりゃあ色々あるけど、ここまでわんこが洋服着てしゃなしゃな歩く世の中になってるなんて、思った？」

それは、芭子だって同感だ。最初に見かけるようになったときには、世間から隔離されていた七年の間に、一体、世の中はどうなってしまったのだろうかと思った。それはともかくとして、綾香の、このまったく不用心な発言には、いつも心臓が縮む。どうして何度「気をつけて」と言っても、彼女はあっけらかんと今のようなことを口走るのだろうか。まさか、何とも思っていないはずがないのに。自分たちが、共に前科を持っているということを。刑務所暮らしの中で知り合った、ムショ仲間であるということを。

「まあ、おイヌ様のお蔭《かげ》で、芭子ちゃんが仕事を見つけられたんだと思うと、そう悪くも言えないわけだけどさ。ホント、芸は身を助けるねえ」

実は、芭子が編み物や裁縫の、ひと通りの技術を身につけたのは刑務所の中でのことだ。それ以前は中学や高校の家庭科の授業である程度の裁縫を教わったことはあるものの、宿題だって好《い》い加減なものだったし、まったく興味も湧かなかった。

刑務所に入ると、強制的に「刑務作業」をさせられる。その刑務所によって作業の内容は様々で、男性と女性との違いもある。どの作業を割り当てられるか、一応の適性は考慮すると言われているものの、実際の所、こちらから好き嫌いなど言える環境ではない。目的は勤労意欲の喚起であるとか更生資金の準備だとか、色々なことをいわれるが、要するに「懲役」と書く通りに「懲《こ》らしめ、役す」ということだ。罪滅ぼしさせるために、ただ檻《おり》の中でじっとさせておくはずがない。そこで芭子は何年間か縫製工場で作業をした。その他に刺し子もしたし、手編みニットもさせられた。いずれもどこかの社員の制服として、または格安商品として市場に出回るものばかりだったから、製品のチェックは厳しく、完璧《かんぺき》な仕事を要求された。

作業に従事すると、当時は「作業賞与金」という名目だった賃金が与えられる。これは労働への報酬という位置づけではなく、「罪滅ぼしに働いたことに対する、ご褒《ほう》美《び》」のような名目のもので、額はといえばあまりにも少額の、雀《すずめ》の涙ほどのものだった。釈放された後の生活の足しにするようにといわれたって、よほど長い懲役でもないかぎり、とてもではないが、まとまった金額など貯《た》まるものではない。だが、こうして考えてみると、針仕事や編み物の技術を身につけられたことは、賞与金の多い少ないの問題でなく、芭子にとって大きな財産になったかも知れない。

「要するに、あそこに入ることがなかったら、今ごろ私はまだ無職のまんまで、オロオロしてたってことかな」

「そりゃあないわよ。あんなところに入るようなことさえなかったら、今ごろとっくに、お父様とお母様のお奨《すす》めになる縁談でもお受けあそばして、どこかの超エリートの若奥様にでもおなりになってたんじゃないの？」

綾香の言葉に「嫌みな言い方」と軽く睨《にら》み返したものの、芭子も、大方そんなところだったろうと思っている。そして、母と同じような方法で子どもでも育てていただろうか。そんな日々に、果たして幸福を感じていられたのだろうか――今さら考えても仕方のないことだ。だが、もしかすると、あまり満ち足りた気持ちでは暮らせていなかったのではないかという気が、しなくもない。

とにかく、いついかなる場合でも「あの頃のこと」についで話をするときには、いくら注意してもし過ぎるということはないのだから、そのことを忘れてはいけないと、ひと回り年上の「仲間」に念を押しながら、夕食の買い物を済ませ、ようやく自宅の傍まで戻ってきたときだった。

「――あ」

芭子の家のある路地の途中に、一人の女性が立っているのが見えた。趣味のいい焦《こ》げ茶色のコートを着て、その襟元《えりもと》からは鮮やかな色合いのスカーフが見えている。女性は芭子の姿を認めるとほんのわずかに目元を細めてから、すっと横を向いた。芭子の方でも小さく会釈《えしゃく》を返し、そのまま女性の前を通り過ぎた。バッグから鍵《かぎ》を取り出す間も、視界の片隅では、さっきの女性の姿が見えていた。

「誰、あれ」

玄関から入るなり、綾香が尋ねてきた。

「知らない」

「知らないって。芭子ちゃん、挨拶《あいさつ》してたじゃない。向こうだって笑ってたでしょう？」

すぐに夕食の支度に取りかかるつもりで買ってきた食材を取り出しながら、芭子は「だって」と、小首を傾《かし》げた。それは、ここのところ何度か見かけているからだ。いつも趣味のいい服を着て、ああして立っている。それにしても、何とも垢抜《あかぬ》けているというか、とても普通の主婦のようには見えない人だ。

「お金持ちの奥様って感じだよね」

「この辺の人？」

「さあ」

「芭子ちゃんの、お母様の関係とかってこと、ないの？」

実は、最初は芭子もそれを疑った。雰囲気的には、母の知り合いにいても不自然ではないような印象の人だからだ。年の頃は五十代の半ばくらいだろうか。すらりとした細身で、髪もきれいにセットしており、どちらかといったら派手な目鼻立ちをしている。化粧も、それなりにしっかりしているらしいのは、唇の鮮やかさと目元の印象からも確かだった。それでも決して下品な印象ではない。

「何してる人かなあ。いつも違う服装なんだけど、素敵なんだよね」

米を研ぎながら、また考える。綾香の勤める製パン店が木曜日定休なので、芭子も定休日の月曜日の他に、木曜日もアルバイトを休むことにしていた。ペットショップは、特に土日と祭日が忙しくなるが、一方、平日は信じられないほど暇になることも珍しくない。そういう日まで時給を払うくらいなら、アルバイト店員を休ませる方が店としても無駄がないし、芭子は芭子で、べつに綾香と過ごすのでなくても、そういう日は「服作り」に精を出せるというものだった。

「どこかの家の親戚《しんせき》とか」

休日の贅沢《ぜいたく》として「ビールもどき」の缶を傾けながらも、やはりさっきの女性の話になった。初めて見かけたのはいつ頃のことだっただろう。とにかく芭子が今のアルバイトを始めた少し後くらいから、時々、ああして立っている。

「親戚なら、家に入ってればいいんだし」

「鍵を持ってないんでしょう」

「そんなにしょっちゅう来てる親戚なら、鍵くらい渡しておくんじゃない？」

「だから、きっと招かれざる客なのよ」

今年はサンマが安いようだ。食卓には、出来合いのサンマの塩焼きと、ほうれん草のごま和《あ》え、芭子が昨日のうちに煮付けたがんもどき、冷《ひ》や奴《やっこ》に浅漬け、さらに買ってきたポテトサラダに残り物の明太子《めんたいこ》を混ぜ込んで作ったインチキタラモサラダなどが並んだ。ポテトサラダだけだと刑務所時代の食事を思い出すから嫌なのだが、こうして明太子を混ぜることによって、色合いも風味も異なるのが嬉しい。

「招かれざる客っていうんなら——たとえば誰かの愛人とか！」

「誰の？」

料理を頬張りながら、綾香は「うーん」と天井を見上げている。日頃は未明というよりも、まだ真夜中といっていいような時間から起き出して働いている綾香は、たとえ休みの日でも翌日に備えて八時過ぎには自分のアパートに戻って寝てしまう。必然的に夕食の時間も早くなるから、夏場までは外が明るい頃から乾杯をするような状態だった。だが、秋の深まりとともに日も短くなって、既にこたつも出し、こうしてぬくぬくと暖まりながらビールもどきなど吞《の》んでいると、いかにも秋の夜長という気分になる。

「あの年格好っていったらさあ——あっ」

グラスを宙に浮かせたまま、綾香は頬をぴかぴかに光らせながら横目で芭子を見て、

「にひひひ」と歯をむき出して笑った。

「——何よ」

「アレじゃないの？　だから、芭子ちゃん、ほれ」

「だから、なあに」

「ボタン！　ボタンじいさんの愛人だったりして！」

思わず「まさかあ！」と、綾香以上に大きな声を出してしまった。芭子たちが秘《ひそ》かに「ボタン」と呼んでいるのは、はす向かいに住む大石のお爺《じい》ちゃんのことだ。年の頃は八十近く。とにかく短気で癇癪《かんしやく》持ち、ちょっとした拍子に怒りのボタンを押してしまうと、突如として「何だとっ！」などと声を荒らげる。だが、その一方では曲がったことが大嫌いな、あくまでも物事の筋道を立てようとする人でもあった。要するに、いくらボタンがついているとはいっても、そう理不尽なことで怒り出すような人ではない。

「考えられないって。絶対、ちがうよ」

そんな人のはずがない。第一、家にはお婆《ばあ》ちゃんがいるというのに、そこまでやってきて待ち伏せをするような行為を、あのボタンが許すはずがない。だが綾香は、相変わらず悪戯《いたずら》っぽい表情のままでにやにや笑うばかりだ。

「分かんないよ。ボタンだって、所詮《しょせん》は男だからね。普段の筋道なんて、すっ飛ばしちゃうのが色恋の道なんだし」

「それでも。それでも、考えられないって。第一、あんな綺麗《きれい》な人だよ。年だって離れすぎてるし、お金持ちっぽいし――あの女の人の方で、ボタンなんて洟《はな》もひっかけないんじゃない？」

「――まっ、それもそうかな」

今日は、残り野菜を使ってけんちん汁も作ってある。刑務所で比較的よく出されたメニューの一つだったが、出所してから綾香が作ってくれたのを食べてみて初めて、あの刑務所の味がいかにひどかったかを、しみじみと感じた。芭子の生まれ育った家では、けんちん汁は家のメニューになかったのだ。それで綾香から作り方を教わり、今では定期的に作るメニューになっている。以前は主婦だった綾香は、家事全般、また日常の生活に関することなら大概知っている。まったく世間知らずの学生だった頃に逮捕され、二十代の大半を鉄格子《てつごうし》の向こうで過ごした芭子にとっては、だから、彼女は精神的な部分ばかりでなく、あらゆる面で頼りになる存在だった。

刑務所に入ったことのある人間のすべてが、家族や親類縁者から縁を切られるわけではないだろう。だが、芭子の場合、両親が下した決断ははっきりしていた。逮捕された時点で既に、芭子は「最初からいなかったもの」という位置づけをされたのだ。たとえ法的には罪をあがなったといっても、家族は金輪際、許しはしないという姿勢をとった。だから今は戸籍そのものも切り離されて、すべての権利を放棄させられ、小森谷家とはまったく無縁な存在として暮らしている。祖母が暮らしていたこの家とある程度の預金などは、手切れ金代わりに渡されたものだ。

「ああ、食った食った。芭子ちゃんの作るご飯、本当に美味《おい》しくなったね。料理の方も、センス、あるんだわ」

大きくため息をついて背をそらす綾香に、芭子は「そう？」と笑いながら、今度は柿《かき》をむき始めた。同じペットショップに勧めているアルバイトの人が、田舎から送ってきたといってお裾《すそ》分《わ》けしてくれたものだ。

「へえ、柿かあ」

歯をあてると、こりっと音がして仄《ほの》かな香りと甘みが広がる果実を口に運びながら、綾香は「懐《なつ》かしい」と目を細めた。

「うちの庭に、あったんだ。二本あって、一本は渋柿だったけど、もう一本は甘い実がなってねえ、子どもの頃は、外で遊びながらでも、よく食べた」

綾香も芭子と同様、すべての親類縁者とは絶縁状態のままだ。本当は、一人息子もいるはずだが、まったく連絡はとっていない。

「登ろうとすると怒られてねえ」

「何で？」

「柿の木は枝が折れやすいからって。落ちたら一生、使い物にならなくなるから」

ふうん、と頷《うなず》きながら、幼い日の綾香を想像してみた。丸い顔をした、ごく普通の可愛《かわい》らしい女の子だったことだろう。その子が、当たり前に育ち、当たり前に恋愛をして、当たり前に結婚した。けれど、そこから先が当たり前にいかなかった。

「あーあ。本当にお腹《なか》いっぱい。もう、あっという間に眠くなりそう」

言葉通りにあくびをしながら、綾香は気持ちよさそうに天井を見上げている。明日から、また新しい一週間が始まる。だんだん寒くなってくると、午前三時、四時から起きるのはさぞかしつらいだろうと思う。だが綾香は、そういうことに関しては一度として弱音を吐いたことはなかった。とにかく一人前のパン職人になって、自分の店を持つ。そのこと以外は何も考えないようにしているらしい。

綾香が「またね」と帰ってしまうと、途端に、茶の間の柱時計の音が大きくなったように感じられた。まだ七時半を回ったばかりだ。以前なら、それからぼんやりとテレビを見て過ごすだけだった。だが今は、芭子なりにすべきことがある。早速、買ってきたばかりの毛糸玉を取り出す。まずは手を慣らすためにゲージを取る。それから、昨日までに作っておいた型紙をもとにして、イヌのためのクリスマスカラーのニットを編み始めた。一点めは真っ赤な地に白で縁取りをするケープだ。そこにかぎ針編みで作った緑のヒイラギの葉を何枚かつける。襟元には赤い紐《ひも》と白いポンポンを下げようと思う。

何しろ小さなイヌのための服だから、慣れてくれば驚くほど早く出来上がってしまう。中途半端《はんぱ》に余った毛糸で、ネル底の靴下を編んでみたり、両端にポンポンのついたマフラーなどを編んでいる間に、どんどんと夜は更《ふ》けていった。

――また、クリスマスがくる。

昨年のクリスマスは「独りぼっち」「淋《さび》しい」と、暇さえあればメソメソしていた記憶がある。だが今年からは、もう泣くまいと決めている。泣いたところでサンタクロースが芭子の望むプレゼントを持って来てくれるはずも、魔法使いが素敵な夢を見せてくれるわけでもない。それに、今年のクリスマス当日は木曜日だった。つまり、綾香と過ごすことが出来る。それだけでもありがたい。十分だ。

結局、夜中の一時過ぎまで、芭子はあれこれと思いを巡らせながらイヌの服を作り続けた。出来上がったものを並べてみると、笑ってしまうほど小さくて可愛らしい。

——売れますように。ウケますように。

すっかり肩が凝って、目も疲れている。それでも気分は悪くなかった。布団《ふとん》に入ってからも、出来上がったばかりの服を着る小さなイヌの姿を思い浮かべて、楽しくてならなかった。

——もしも。

最近、考えることがあった。もしも、このまま芭子のペット服が順調に売れるようになったら、その先はどうなるのだろうということだ。もともと接客などは苦手だし、向いていないと分かっている。だからこそ、もしもペット服を作るだけで生活が成り立つようなら、そちらを本業にする方法を考えることは出来ないものだろうか。

——急じゃなくても。そのうち。少しずつ。

たとえば、いつか綾香がパンの店を開く日がきたときに、その片隅ででも、芭子のコーナーを持たせてもらえないものだろうか。美味しそうなパンが並ぶ隣で、可愛らしいペット服が売られている、そんな店は作れないものか——想像するだけで頰が緩んでしまう。これが本当に夢というものなのだろうなと、しみじみ感じながら、ベビー球を消す。ようやく最近、部屋を真っ暗にしても眠れるようになっていた。

3

クリスマスカラーのペット服は概《おおむ》ね好評だった。ケープには前足に通せる小さなループのようなものをつけた方が着崩れする心配がないのではないかなど、多少のアドバイスを受けたものの、それらの条件がクリア出来れば今回も商品として置いてもらえることになって、芭子は夕方には、有頂天で家路についた。あまり行儀がよくないと思いながらも、ついつい頭の中でそろばんを弾《はじ》いてしまう。アルバイトの時給を正式な収入として考えれば、服作りで得られる収入は、現在のところは臨時ボーナスのようなものだ。だから、この収入に関しては、多少でも生活に潤《うるお》いを持たせることに使いたい。もちろん、贅沢出来るほどの額ではないにせよ。

——毛糸を買おう。自分たちのための。

そして、綾香と自分用に、綺麗なマフラーを編む。綾香には、ふわふわの、繊細で暖かい糸を選ぼうと前々から決めている。彼女の好きなピンク色を基調にして、軽やかで優しげで、そして上品で大人っぽくしてあげたい。

そんな毛糸で編んだマフラーを手にしたときの綾香の顔を想像しながら、ほとんど鼻歌交じりで日暮れの道を自転車で進み、いくつかの路地を曲がったところだった。ふいに、向こうの角から黒っぽい人影が現れた。先方も自転車に乗っている。街灯の明かりに浮かび上がるそのシルエットを見た瞬間、芭子は咄嗟《とっさ》に自転車のブレーキを握ろうか、それともペダルをこぐ足に力を入れようか、またはそそくさとUターンしてしまおうかと、いっぺんに色々なことを考えて、思わず全身に力が入ってしまった。

「あ、芭子さん。芭子さんじゃないスか」

案の定、相手の方でも芭子に気づいたらしい。同時に、キキッと小さくブレーキの音がする。結局、芭子は仕方なく自分も自転車のブレーキを握った。近づいてきたのは、若い警察官だ。いつの頃からか、芭子のことを馴《な》れ馴《な》れしく名前で呼び、どこで会っても声をかけてくる。こちらとしては大迷惑だ。決まっている。前科者にとって、警察官なんてアレルギーを起こすほど関わりたくない存在だ。

「今、帰りっスか。ペット屋から」

大方、大石さんあたりから聞きつけたのに違いない。自転車を降りながら、芭子は「ええ、まあ」と小さく頷いた。すると、高木という名の警察官は芭子の目の前に立って、「ふうん」と言いながらわずかに首を傾《かし》げている。

「ペット屋のねえ」

いつもと雰囲気が違う、と思った。普段の彼なら、もう少しはしゃいだ声で「お疲れさんです」とか「送っていきましょうか」とか、余計なことを喋《しゃべ》り散らすのだ。それが、何だか今日は妙に素っ気ない。

「あのさあ、芭子さん」

「――はい？」

「こんなこと、言いたくないんだけどさあ」

「――何、ですか」

「俺、芭子さんには、ガッカリですよ。まじ」

え。と言いかけたとき、警察官の身体《からだ》からピーピーという音がした。素早くイヤホーンを耳に差し込んでいる彼を見つめたまま、芭子は少しの間、自分の呼吸が止まっていることさえ気づかずにいた。どん、胸を衝《つ》かれたような感じだ。そして次の瞬間には自転車のペダルに片足をかけて走り始めていた。

「あ――ちょっと、待ってくださいよ、芭子さん！」

すぐに後ろから高木の声が追いかけてくる。それでも芭子は自転車にまたがって、ペダルをこぎ続けた。頭の中が真っ白になりそうだ。心臓が瞬間冷凍されたように、かちこちに縮んでしまっている。

「待ってってば。ねえ」

すぐ脇《わき》を風が通り抜けたかと思うと、高木の自転車が芭子を追い越して、路地をふさぐような格好でとまった。こうしている間にも涙が溢《あふ》れて来そうだ。ハンドルを握る手が細かく震える。

「な——何なんですか」

「ちょっと聞きたいことがあって」

「だから、何ですかっ」

「最近、お宅の辺で怪しいヤツなんか、見てないかなあって」

「見てません」

「あの、どんなことでもいいんで——」

「知りませんからっ」

それだけ言ってしまうと、芭子は唇を噛《か》みながら再び自転車から降り、前輪を持ち上げるようにして自転車を方向転換させた。背後からなおも警察官の声が聞こえてきたが、耳鳴りがして、何を言っているのかも聞き取れなかった。

来た道を必死で逆戻りし、違う路地の角を曲がって、懸命に走る。今にも後ろから追いかけてこられる気がして、恐怖で全身がチリチリした。さっき止まったと思った心臓が、今は早鐘のように打っている。頭の中でごうごうという音がした。

「あ――綾さん！　どうしよう！」

ようやく帰り着いた自宅の玄関に飛び込むなり携帯電話を手にとって、震える手で綾香に電話をする。夜明け前から始まる代わりに、午後の早い時間には仕事が終わる綾香は、この時間は大概、自分のアパートにいるはずだった。電話の向こうから「なあに」というのんびりとした声が聞こえてきた。

「どうしたのよ」

「もう駄目。もうお終《しま》いだ。ねえ、どうしよう、ああ、どうしよう……」

言っているうちに涙が溢れて、どうしようもなくなった。「何なの」「どうしたの」という綾香の声は聞こえているのだが、返事をしようにも声が詰まって出てこない。頭の中で、何かが崩れていく音がガラガラと聞こえる気がした。

「芭子ちゃんってば！　落ち着きなさいっ。どうしたの！」

ぽろぽろと、後から後から涙がこぼれて止まらない。いくら懸命に事情を説明しようとしても、言葉すら満足に出てこなかった。自分でも取り乱していると分かる。だが、どうすることも出来なかった。

「ちょっと！　すぐ行くから！　家にいるんだねっ」

切れた携帯電話を片手に、よろけるように居間まで行くと、芭子はこたつに手をつき、崩れ落ちるようにへたり込んでしまった。

――どうしよう。もう駄目だ。もう、いられなくなる。また何もかもなくなる。

同じ言葉ばかりが頭の中で渦巻いている。ついさっきまで浮かれた気分でクリスマスのことなど考えていたのに、一瞬のうちにすべてが消え去ってしまった。

十分ほどして来てくれた綾香は、芭子の顔を見るなり「何だっていうの」と自分まで深刻な表情になった。芭子は言葉を詰まらせながら、やっとのことで、ついさっき高木巡査に会った話を聞かせた。いつもへらへらと愛想ばかり振りまいていたと思ったのに、あのときの冷たい顔。そして、あのひと言――思い出すだけで新しい涙がこみ上げてくる。

「要するに、こういうこと？　あいつ、あの高木聖大《せいだい》が、芭子ちゃんの過去を知ったって」

「――そうに決まってる。絶対にそう」

ああ、息が苦しい。頭が混乱する。芭子は虚《うつ》ろに宙を見つめたまま、ただ頬を伝って涙が流れ落ちる感触ばかりを感じていた。

——芭子さんには、ガッカリですよ。

叩《たた》きつけられた言葉が、嫌というほど繰り返し、頭の中で響き続けている。そして、あのときの、あの警察官の目。冷たい横顔。間違いなく、芭子の前科を知ったのだ。

「——どうしよう——私、もう、ここで暮らしていかれないかも知れない——そうしたら、どうしたらいい？　ねえ、私、どこに行けばいいの？」

「ちょっと、落ち着きなさいって、芭子ちゃん。まだ、そうと決まったわけじゃないじゃないよ。あのお巡りさんは、ただガッカリしたって言っただけなんでしょう？　具体的なことは何も言われてないんでしょう？」

「他に何のことでガッカリされる理由があるっていうのっ。あの人は、私に気があるんだって、綾さんも言ってたよね。だから調べたのよ。そうに決まってる。それで、分かったんだ、本当のことが——」

「もしも、もしもそうだとしてだよ。そんなにあからさまに、面と向かって言うと思う？　あんた、前科があるんだってね、みたいなことを。特に相手は警察官だよ」

「警察官だから、調べられるんじゃないっ」

「だから、たとえ調べられたとしても。そんなにあからさまに？」

「あいつだから！ あの、へらへらしたヤツだから！ 勝手に人のことを好きになっておいて、勝手に裏切られたような気分になるかも知れないじゃないっ。ねえ、どうしたらいい？ あいつがちょっとでも口を滑らせたら、あっという間に広まるに決まってる。近所中に」

やっと世間の暮らしにも、一人の生活にも慣れてきて、過去ばかり思って泣かなくなり、淋しいとばかり思わなくもなったというのに。さらに、やっと好きな仕事が見つかった、夢が持てたと喜んでいた矢先だというのに。自分なりに、地味に、目立たず、ただひっそりと生きていくつもりでいたのに。

「——もう駄目だよ——もう、生きていけない」

「何、くだらないこと言ってんのよ」

「——綾さんだって、考えた方がいいかも。私のことが知られたら、綾さんだって変な目で見られるに決まってる——パン屋さんを、やめなきゃならなくなるかも知れない——」

それから、どれくらいの時間、泣き続けていただろう、いつの間にか綾香が台所に立って夕食を作ってくれていた。電気も点《つ》けずにいる茶の間はすっかり闇《やみ》に飲み込まれて、ただ台所から洩《も》れる明かりだけが室内を薄ぼんやりと見せていた。

——どうしたらいい？　ここにいられなくなったら。

泣き疲れて、ぐったりしたまま、芭子はこの家と、そこここに染《し》み込んでいる祖母の気配とに話しかけた。これまでにも、心細さに耐えきれなくなったとき、淋しさに身震いしそうになったとき、芭子はいつでもそうして来た。芭子が逮捕されたことも知らないまま、刑務所に入れられている間に逝《い》ってしまった祖母が恋しくてならなかった。

「ご飯出来たよ」

ふいに部屋の明かりをつけられて、泣き疲れた目がちくちくと痛んだ。食欲など、あるはずがない。それでも綾香は一人で台所と茶の間を往復し、あり合わせとも思えない料理をこたつの上に並べてくれた。

「落ち着こうよ、芭子ちゃん」

とにかく一口でも箸《はし》をつけなければ駄目だと促されて、仕方なく食卓に向かう。そういう綾香だって、いつになく真面目《まじめ》くさった顔つきになっているのが分かった。

「——要するに、私たちってさ、ずっとこういう心配をしながら生きていかなきゃならないんだよ。それでも、腹をくくるしか、ないんだよ」

そういえば今年の夏前に、二人で大阪に行ったときのことを思い出した。見知らぬ土地で、かつてないほどの解放感を味わっていたと思ったら、偶然にも綾香の同級生に出会ってしまった。相手の男は、綾香の前科を知っていた。具体的に口に出すことはなかったが、彼は最後の最後になって、綾香に「帰ってくるな」と言った。故郷には戻るなと。それが綾香のためだからと。

「思うんだけどさ、あの高木ってお巡りさんは、ただ『ガッカリした』って言っただけなんでしょう？　私、何か違う理由なんじゃないかなって気がする」

「――何かって？」

「それは分からないけど。でも、もう少し何か、はっきりしたことを匂《にお》わせたんならともかく、今、慌《あわ》てて動いたら、絶対に駄目だよ」

綾香が作ってくれた味噌《みそ》汁《しる》には、タマネギと大根、そしてカボチャが入っていた。いつもの味噌のはずなのに、ほんのり甘く感じる味噌汁をすすりながら、芭子は、ようやく少し気持ちが落ち着くのを感じた。

確かにその通りだ。第一、引っ越すといったって、そう簡単にできるものではない。この家を処分するかどうかも考えなければならないだろう。それに、家の売り買いのことなど、何一つ分からない。

「――じっとしていれば、嵐《あらし》は過ぎる？」

情けない気持ちで綾香を見ると、彼女も何か考える表情でため息をつく。

「たとえ、万が一、本当のことを知られたんだとしてもね、ヤツにだって良識ってものくらいは、あると思うんだ。前科の話なんか、そう簡単に他人に喋《しゃべ》ったり出来るものじゃないじゃない？　ましてやヤツは警察官なんだから、守秘義務だってあるんだしさ、面白半分でそんなことを喋ったら、もう罪を償った人間を、また追い詰めることになるってことくらい、分かんないわけないんだから」

「――それでも、誰にも喋られないとしたって、アイツとは顔を合わせるじゃない？　そのたんびに、『前科者』っていう目で見られるのかと思ったら――」

やはり、とても耐えられない。もう、一歩だって外を歩きたくなくなる。だが綾香は「大丈夫だって」と繰り返した。

「毎日、決まって会う相手ってわけじゃないんだし、警察官なんて転勤とか色々あるんだろうから。そのうち、どっか行っちゃうよ。それまでの辛抱だと思うことにしようよ。世の中には、私らみたいな過去のある人間は、いくらだっているんだよ。皆、それなりに生活してるはずなんだからさ」

そうだろうとは思う。そうは思うが、今の芭子に、他人のことなど考える余裕の、あるはずがなかった。明日からどうやってこの町を歩けばいいのか、そう考えただけで、恐怖でがんじがらめになりそうだ。

「とにかく、様子を見ること。いいね？ 普通にしてることよ」

綾香は帰る前にもう一度そう念を押し、何かあったらすぐに電話するようにと言って、手を振って帰って行った。ぱたりと閉じられた玄関の古いドアを見つめながら、やはりため息が出て仕方がなかった。

4

結局、その晩はペット服作りも手につかず、ほとんど一睡も出来ないままで、翌日はまたアルバイトに出ることになった。本当なら休んでしまいたいところだったが、土曜日は忙しくなると分かっているのに勝手を言うことは出来ないと自分の心にむち打つ気分だった。

誰に会っても、声もかけられないように脇目もふらずに自転車を飛ばして店に着き、死んだ魚の処分から始まる一連の作業を、ひたすら黙々とこなす。名前を呼ばれる度に、店と倉庫とを往復したり、配達する商品の仕分けをしたりして、その日、芭子はほとんど休む間もなく身体を動かし続けた。

――この感じ。

ペットフードの入った重たい箱をいくつも運び、缶詰を積み上げたりして過ごしながら、ふと綾香のことを思った。いつも明るく振る舞っている綾香だが、心の中では常に葛藤《かっとう》を抱えていることくらいは、芭子にだって分かっていた。だが、こうして身体を動かす仕事をしていれば、確かに余計なことは何も考えないで済むことが、身をもって分かる。それが、綾香が仕事に精を出す理由の一つになっているのかも知れなかった。

「小森谷さん、何かいいことでもあった？」

すべては罪を犯し、前科を背負った自分たちに原因があるとはいえ、何とも切ない気分になっていたら、突然、他の店員に話しかけられた。まだ二十歳を少し過ぎたばかりだという、おそろしく化粧の濃い女の子が「アタリ、でしょ」と悪戯《いたずら》っぽい表情で笑っている。

「あ、分かった。土曜日だから、彼氏とデートとか。そうでしょう。だからいつもより張り切ってるんだ、ねえ？」

思わず「まさか」と笑うしかなかった。何というとんちんかんなことを言う子がいるのだろう。こんなどん底状態にいる人間を、張り切っているように思うとは。恋愛さえ諦《あきら》めているというのに、デートを疑うとは。

「――そんな風に、見える？」

「見える、見える。ねえねえ、小森谷さんの彼氏って、どんな人？」

世の中の皆が、こんな風におめでたい誤解をしてくれるのなら、どれほど有り難いことだろうか。芭子は笑って誤魔化しながら、ますます切ない気分になっていた。

だが、さすがに土曜日だけのことはあった。芭子の気分などに関係なく、次から次へと客がやってきては、それぞれに異なるものを欲しがり、一方では配達の注文の電話が入り、トリマーは全員、一日中たちっぱなしのような状態で、一日は瞬《また》く間に過ぎてしまった。日も暮れて、いつもの時間に店を出る頃には、睡眠不足のせいもあって疲れ切っていた。今日は食事をしたら、風呂《ふろ》で温まって早々と寝てしまおう。そうすれば、また明日がくる。一日だけでも生き延びた気分になれる。

昨日とは違う道を選んで、再び脇目もふらずに自転車を走らせる。どうやら今日は、このまま誰にも出くわすことなく帰り着けそうだと思ったのに、今度は家の前の路地まで帰ってきたところで、街灯の下に何人もの人が佇《たたず》んでいるのが見えた。反射的に自転車から降りると、芭子はしばらくの間、その場に立ち尽くしてしまった。

――もう知られた？　噂《うわさ》になってる？

昨日の今日ではないか。いくら何でも早過ぎはしないだろうか。動悸《どうき》が速まってくる。ハンドルを握る手のひらに、じわりと汗が滲《にじ》み始めていた。展開が早すぎる。心の準備だって、まだ出来ていないのに――。

「あらあら、芭子ちゃんじゃない？　お帰り」

ここで急に覚悟を決めなければならないなんてと、何度目かの深呼吸をしていたとき、聞き慣れた声が芭子を呼んだ。ボタンじいさんの女房、大石のお婆《ばあ》ちゃんの声だ。

「今日は寒かったから、自転車で、冷えたんじゃない？」

お婆ちゃんの声は、なおも話しかけてくる。仕方がなかった。芭子はもう一度、大きく深呼吸をしながら、自転車を押して、人影に歩み寄っていった。近づいてみると見覚えのある顔ばかりだ。誰もが柔らかく微笑《ほほえ》みながら「お帰んなさい」などと言ってくれる。

――気づいてない？　まだ？

まだ警戒をむき出しにしたまま、それでも芭子は出来るだけ自然に見えるように、強《こわ》ばった顔に笑みを浮かべて「ただいま」と答えた。よかった。声も震えていない。

「どう、したんですか？」

「それがねえ」

手をひらひらさせたのは、大石さんの隣に住む入沢さんの奥さんだ。

「今、こっちのね、好岡《よしおか》さんのお宅の話、してたんだけど」

街灯の下で、芭子は改めて人々の顔を見回した。中に、困ったような笑みを浮かべている女性がいる。芭子の家の三軒隣になる好岡さんの奥さんだった。このところ、会う度にお腹《なか》が目立ってきている奥さんは、芭子とほぼ同年代に見える。

「最近、嫌がらせされてるんだって」

「嫌がらせ？　誰からですか？」

「それが分からないから、気味が悪いっていう話、してたとこなんだわ」

大石のお婆ちゃんが後を引き取った。あと一人、どこの誰だったか、すぐに思い出せない顔が混ざっていると思ったら、たまたま配達にきたよみせ通り沿いの酒屋のおかみさんだということだった。

「嫌がらせって、どんなことをされてるんですか？」

好岡さんの奥さんは相変わらず困ったような笑顔のままで、実はこのところ、ひっきりなしに無言電話がかかってきたり、郵便受けに届いた郵便物がすべて二つにちぎられていたりするのだという話を始めた。

「つい二、三日前なんか、玄関先に停めておいた子どもの自転車に、何かべたべたするものが垂らされてたこともあるんです。その上、最近はパパの学校にも電話がかかってきたりするらしくって」

「学校にも？」

好岡さんの旦那《だんな》さんは、小学校の先生をしている。芭子自身は会えば会釈《えしやく》する程度で、じかに話したことはないけれど、大石のお婆ちゃんからそう聞いていた。

「電話に出た先生に、誰彼となくパパの悪口を言うらしいんですよね。それも、根も葉もないことばっかり」

「そんな、ひどい」

「でしょう？　だけど、ご主人にもね、奥さんにも、思い当たる所なんか、まるでないんですってさ」

「気の毒だわよねえ。お腹の子に障《さわ》ったら困るのに」

好岡さんの奥さんは、ジーパンの上から着ているマタニティドレス風のチュニックワンピースのお腹の辺りに手を置いて、相変わらず困ったような笑みを浮かべている。

「こんなこと考えたくないんですけど、教え子の誰かだろうか、とか、その父兄は、とか、パパも色々と考えたりして」

たしかに先生なら、生徒から恨まれることだって、ないとはいえないと思う。だが、芭子からみたところ、好岡さんの旦那さんといったら見るからに優しげで、子ども好きな雰囲気の人だ。ましてや小学生が教師を恨んで、そんな嫌がらせをするとは考えにくいのではないかという気がする。

「警察に言ったら？」

「これまでにも何回か相談に行ったりは、してるんですよね。警察の方でも、一応は『注意してみますから』とは、言ってくれてるんですけど——」

「ほら、芭子ちゃんのファンの、あの若いお巡りさん、あの子が何回か、見に来てくれたりしてるらしいのよ」

大石のお婆ちゃんがひんやりした乾いた手を芭子の手に重ねるようにして言った。芭子は瞬間的に高木聖大の顔を思い浮かべて「え」と言ったきり言葉に詰まった。そういえば昨日、彼は芭子に何か尋ねていたと思う。だが、こちらはすっかり取り乱してしまっていて、ろくすっぽ聞いていなかった。もしかすると、この件だったのだろうか。

「今どきはさあ、どこで誰に恨みを買うかなんて、分かったもんじゃないですもんねえ。肩がぶつかったとか、目があったとか、そんな程度でも殴りかかられたり、刺されたりする世の中なんだから。ストーカーなんていうのもいるしさ」

酒屋の女房が深刻そのものといった顔つきで呟《つぶや》いた。すると、入沢さんの奥さんが「あらやだ」と顔をしかめた。

「つまり、こういうこと？　好岡さんの奥さんに横恋慕してる男がいるっていう？」

「そんな、まさか」

今度は好岡さんの奥さんが慌てたように首を振る番だった。

「私は、まるで身に覚えないですから」

「そりゃ、分からないわよ、あなた。ストーカーって、相手が一方的に好きになるって場合もあるっていうじゃない。奥さんが買い物してる姿とか見てさ、惚《ほ》れちゃったってことも、考えられない？」

「いつもチビつれて歩いてる上に、こんな大きなお腹でいる私を、ですか？」

好岡さんの奥さんは膨らんだお腹を撫《な》でながら、困惑を隠しきれない表情になっている。好岡さんには、お腹の子の他にもう一人、幼稚園に行っている男の子がいた。「たぁくん」と呼ばれているその子の声は、この路地にもよく響いている。老人の世帯が増えているこの界隈《かいわい》で、彼らのような若い家族は、意外に目立つ。それだけに、たぁくんはこの辺りのお年寄りのアイドルにもなっていた。

「これから年の瀬になると、ただでさえ物騒になるからねえ、よくよく気をつけなきゃいけないけど」

ぽんぽんとやり取りされる会話をひたすら聞いていたら、突然、夕闇《ゆうやみ》の向こうから「おおいっ」という声が響いた。思わず肩がびくん、と弾んだ。

「いつまで、くっちゃべってりゃあ、気が済むんだよっ。大体、この寒空に、妊婦を立ちっぱなしにさせるって、どういう了見なんだっ」

大石のボタンが痺《しび》れを切らしたのだ。お婆ちゃんが顔をくしゃりとさせて肩をすくめる。芭子も思わず背筋を伸ばして誤魔化し笑いを浮かべた。

「飯の支度はどうするんだっ。そろそろ時分どきなんじゃ、ねえのかっ」

「そうだけどさ——でも、好岡さんとこの、その嫌がらせっていうのがどうにも心配だって話してたのよ」

女たちの輪にぐっと首を突っ込んできたボタンは、芭子や好岡さんや、その他の女たちをひと通り睨《ね》め回したところで、ふん、と鼻を鳴らした。

「だから、前から言ってんじゃねえか。こういうご時世なんだから、自警団が必要なんだって。なあ？　隣近所でお互いに目ぇ光らせて、てめえらの安全はてめえらで守ってく気んなんねえと、無理なんだよ」

そういえばボタンは前から同じことを繰り返し主張している。確かに、すぐ近所で嫌がらせに迷惑している家などがあるとしたら、そういう工夫も必要なのかも知れなかった。それによって警察官がいちいち顔を出さなくなってくれるなら、もっと有り難い。

「とにかく、そこまでしゃっちょこばったことをしなくたって、軒をくっつけ合ってる家同士なんだから、注意し合えばいいってことだろう？」

「そうですよ。だから、そのためにもね、皆で情報を分け合わないと、いけないの。ああ、芭子ちゃん、今日ね、カボチャを煮たから、取りにおいで」

「――ありがとうございます」

ボタンを置き去りにして、すたすたと自分の家に戻っていくお婆ちゃんの後ろ姿を眺めながら、芭子はつい、くすっと笑ってしまいそうになった。さすがは長年、連れ添っているだけのことはある。ボタンが怒鳴ろうがどうしようが、柳に風、まるで動じないところは大したものだ。

「赤ん坊は、いつの予定なんだい」

ボタンがわずかに口調を変えた。好岡さんの奥さんが「お正月過ぎです」と答えている。

「そんじゃあ、暮れの大掃除やら何やらが、てえへんだなあ」

「今年はもう、冬休みに入ったら、すぐに実家に帰ろうって決めてるんです」

「ああ、そうかい。そうだ、その方がいいな。そうこうするうち、その嫌がらせってヤツも、収まるんじゃねえか」

「そうだといいんですけど」

いつの間にか、酒屋の奥さんがいなくなっていた。入沢さんの奥さんも、何となくソワソワし始めている。夕暮れ過ぎの井戸端会議は、これで終わりだった。

「じゃあ、高木はそのことを芭子ちゃんに聞きたかっただけなんじゃないの？」

その晩、芭子の様子を心配して、綾香からかかってきた電話で一連の出来事を聞かせると、綾香は、やはり芭子の聞き間違いか、早とちりだったのではないかと言った。

「何で？　それとこれとは違うじゃない」

「そうだけど。でも、まずは聞くべきことを聞かなきゃならないってときに、前置きみたいにさらっと、そんな重大なことを言うと思う？」

「──分からない。でも、アイツは確かに言ったんだからね。ガッカリしたって。それだけは確かなんだよ」

「だからさ、ガッカリはしたんだろうよ。きっと何かに。でも、それは私らの前科《マエ》のことじゃなくて、まるっきり違うことなんじゃないの？」

昨日のような日は特別だが、基本的には水曜日と木曜日以外は、それぞれの住まいで夕食を摂《と》ることに決めている。けれども結局は、ほとんど毎晩のようにこうして電話で話しているのだから、それならいっそ夕食はいつも一緒に摂る方が経済的ではないかと、芭子はこれまでにも何度か提案してきた。だが綾香は、適当な距離をとることと、自分たちの時間を持ち続けることが、二人が守るべきルールだと言って聞かない。いくら親しくても、どれほど互いを信頼し、頼りにしていても、度を過ぎてしまっては負担になる。家族でも姉妹でもない関係は、一度でもひびが入ったら修復がかない。だからこそ互いにルールは守るべきなのだそうだ。少しくらい不経済でも、その部分だけは仕方がないと。

「それにしても、幸せそうに見えたら見えたで、そういう悩みが出てくるんだねえ。正体不明の嫌がらせなんて」

「それも、気味が悪くて嫌な話だよね」

だがとりあえず、近所の人たちが芭子の過去について何も知らないらしいのを確かめられただけでも、ほっとした。まだ完全に安心していい状態とは思わないが、ひとまずはこういう毎日が続いてくれればありがたい。

「さて。それじゃあ、私はお風呂入って寝るとするか」

「私も内職、するとするか」

「内職だって。あんた、今日は早く寝るとかって言ってなかった？」

「何か、目が冴《さ》えて来ちゃったから。少しだけでも、やるわ」

「やっぱり好きなんだわね。だから、そういう気になるんだ。そのうちきっと、そっちが本業になるよ」

「本当？　綾さん、そう思う？」

思う思う、だから頑張んなさいね、という声を最後に聞いて、会話は終わった。昨日、一瞬のうちに消し飛んだかと思われた芭子の夢は、どうやらまだ少しの間は細々とでも抱き続けられそうだ。

――出来るところまで、やるしかない。

再びクリスマスカラーの毛糸を引っ張りだしてきて、芭子は黙々と編み物を始めた。少し前まで、頼りないながらもずっと聞こえていたはずのコオロギの声は、もう聞こえなくなっていた。

開き直ったのがよかったのか、それからしばらくは不思議なくらいに穏やかな毎日が過ぎた。あの警察官ともあれ以来、顔を合わせることもなく、芭子自身「気のせいだったのかも」と思えるような日々だった。そうして十一月も半ばに差しかかった木曜日のことだ。

5

例によって綾香と二人で上野広小路まで行き、足りなくなった毛糸や布を買い、次に綾香が新しく見つけたパン屋を覗《のぞ》いていくつかのパンを買って、それから上野公園のベンチで昼食を摂った。家からペットボトルに詰めてきた茶を飲みながら、買ってきたパンにかじりつくという、いつものパターンだった。すごく楽しいとは言わないが、それなりにいい過ごし方だ。そうして、のんびりと過ごした後はぶらぶらしながら帰路につく。

「晩ご飯、何にする？」

「そうだなあ。寄せ鍋《なべ》」

「また？」

「いいじゃない。鍋だけは一人で食べてもつまらないしさ」

「まあ、そうだね」

日溜《ひだ》まりを歩いていれば暖かかったが、やはり陽射《ひざ》しは冬らしいものになってきている。もうすぐ木枯らしが吹くだろう。

「――あ」

そろそろ家が近づいてきたところで、ふと目の前を行く二人連れに目がとまった。すらりとした細身の女性が、この近所の幼稚園の制服を着た男の子の手を引いている。

「ああ、あれって」

隣の綾香も口を開いた。後ろ姿だけだから確実とは言えない。だが、あの雰囲気は以前から家の近所で何度か見かけている、例の綺麗《きれい》な人に違いないという気がする。

彼女のことは、つい先週も見かけたばかりだ。その時はスッキリした和服姿で、これも素敵だった。芭子と目が合うと、彼女はいつでもほんのわずかに微笑《ほほえ》みながら、すっとうつむく。軽々しく話しかけられたくないという意思表示が、それだけで十分に伝わってきた。一体、この界隈の誰の家に用事があるのか、どういう用件なのかと疑問ばかりが膨らんだが、芭子の方だって、あれこれと詮索《せんさく》されたくない事情を抱えている人間だ。自分が嫌だと思うことを人にすることはない。

今日の彼女はグリーンを基調としたヘリンボーン柄のツイードスーツを着こなしていた。襟元には深みのあるアイビーグリーンのパシュミナストールを巻き、芭子でさえ、もう履きこなせないに違いないと思うようなヒールの高い靴を履いて、片方の腕にかけたハンドバッグは艶《つや》やかな栗《くり》色をしており、全体に、いかにもシックで秋らしく見えた。

その彼女が手を引いている男の子はといえば、好岡さんの家のたぁくんではないだろうか。

「あの人、好岡さんの親戚《しんせき》だったのかしら」

誰にともなく呟きながら、芭子たちは彼女たちの後をついていく形になった。女の歩調はかなりせかせかとしていて、たぁくんは小走りになってしまっている。時折、小さな身体《からだ》がぴょん、と飛び上がるが、それは子どもらしく楽しげに弾んで歩いているというよりは、まるで、半ば無理矢理引っ張られているように見えた。

「トイレにでも行きたいのかね。子どもの腕は、無理に引っ張ると脱臼《だっきゅう》することがあるのに」

綾香が呟いた。そういえば、彼女は自分の息子のこんな頃を見ていないのだと思い出した。自分自身と、さらに生まれて間もない我が子を守るために、日頃から暴力の激しかった夫の生命を奪った彼女は、最愛の息子を夫の実家に預けて警察に出頭したと聞いている。今ごろは小学生になっているに違いない子どものことについては、芭子でさえも触れないようにしている。

手を引く女性は、たぁくんの何にあたる人なのだろう。伯母というには老《ふ》けすぎている。だが祖母というには、さすがに若いかも知れないなどと考えながら、前を行く二人が、家の前の路地に通じる角を曲がったときだった。

「たぁくんっ！」

悲鳴のような声が上がった。思わず綾香と顔を見合わせ、芭子は慌《あわ》てて自分たちも曲がり角まで走っていった。

路地の途中に、お腹《なか》の大きな好岡さんの奥さんの姿が見えた。そこから数歩、こちらに近いところに、好岡さんの旦那《だんな》さんの姿も見えている。「あ、パパだぁ！」と、たぁくんのいつもの声が響いた。

「パパぁ！」

その瞬間、たぁくんの手を握っていた女性が、さっと腰を屈《かが》めてたぁくんを抱き上げた。彼女に向かって歩きかけていた好岡さんの足が止まり、顔が強ばった。芭子たちは身を固くしたまま、女性の背後から一部始終を見つめる格好になった。まるで一瞬、時が止まったかのような奇妙な空気が辺りに広がる。

「——あなた——倉持さんじゃないですか」

好岡さんが、信じられないという表情で口を開いた。

「奥さん、だったんですか。うちの親戚だからって、幼稚園に電話したの。うちの子を連れ出したのは——」

「やっとお分かりになりました？」

「もしかして——あなただったんですか。職場に変な電話をかけてきたり、僕の留守中を狙《ねら》って家に電話をしてたのも——何もかも、あなただったんですか。郵便物を破り捨てたのも！」

「そうよ。気がつくのが、ずい分と遅すぎますこと」

今度は、女性の声は少しばかり甲高いものになった。たぁくんを抱き上げたまま、彼女は仁王立ちのようになっている。好岡さんの顔が、ますます強《こわ》ばっていく。

「——そうか——あなただったのか——だけど、何で——どうしてですっ。もう、お宅と僕とは何の関係もないじゃないですか。それなのに、とうとううちの子どもにまで！」

好岡さんが、じり、と一歩、前へ足を踏み出した。すると女性もハイヒールの足を一歩、後ずさりさせる。

「どうしてですって？　ええっ、どうしてってお聞きになるの？　仕方がないでしょうっ。こうでもしないと、あなたは自由になれないんだからっ！」

女性の声は、もはや悲鳴のように甲高くなっていた。いつもは温厚そうに見える好岡さんの顔がぐにゃりと歪《ゆが》んで「一体、何を言ってるんですか」という苦しげな呟き《つぶや》が洩《も》れた。

「自由になれないって、僕が？　僕が、何からですか」

「だから――！」

「何年かぶりで、いきなり人の前に現れたと思ったら、一体全体どうしようっていうんです。僕はご覧の通り家庭も持って、幸せに暮らしてるんです。しかも、今は女房もお腹が大きいし、大切なときなんですよ。そういう状態の僕に、一体、何をどうしようっていうんです」

「そんな――女房だの子どもだのって、どれもこれも、あなたを束縛する原因じゃないのっ」

「あなたにそんなこと言われる筋合い、ないでしょう」

話しながらも、好岡さんは、少しずつ女性との距離を縮めていく。「だって」という女性の声が聞こえた。

「あなた、言ってらしたじゃないのっ。自分は劇作家になって、誰もが感動する面白い芝居を作るんだって」

「確かに、そんなことも言ってましたよ——だけど、何年前の話だと思ってるんです。僕があなたの息子さんの家庭教師をしてたのは、大学三年の時だ。かれこれ十五年も前のことじゃないですかっ。あんなの、若い頃の夢物語じゃないですか。大体、そのこととあなたと、何の関係があるっていうんだ」

「関係ですって？　大ありだわ！　いえ——わたくしもね、しばらくは忘れてたわ。でもねえ、少し前にたまたま、あなたをお見かけしてね、思い出したのね。そういえば、あの頃は私もまだ主人もいたんだなあとか、それなのに、あなたとあんな約束をしたんだったなあとか」

「何の約束ですっ！　僕はあなたと約束なんかした覚え、ないですよ」

「嘘《うそ》っ！　嘘よ！　あなた、言ったじゃないの。『もっと違う形で出会ったんなら』って」

好岡さんの顔が、さらにぐにゃりと歪み、いかにもうんざりしたようにため息をつく。その口から『何、言ってんだよ』という低い声が洩れた。

「人聞きの悪いこと、言うなよ。それは奥さん、あなたが！　あなたが僕にちょっかい出そうとするから、僕が言ったんじゃないか。『せめて、もう少し違う形で知り合ったんなら、考えようもあったかも知れないけど』って。僕だって、はっきり覚えてますよ。だから僕は、おたくの家庭教師をやめたんだから！」

既に、路地のあちこちから人が顔を出している。たまたま自転車で通りかかったらしい人も、自転車にまたがったままの格好で、口をぽかんと開けていた。さっき好岡さんが何とかいう名字で呼んでいた女性は、もはや外見の優雅さなどかなぐり捨てて、「嘘だわ！」「裏切り者っ」などと叫んでいる。その声は、まったく関係のない芭子が聞いていても、背筋が寒くなるようなものだった。綾香の二の腕にしがみつくような格好で、芭子は固唾《かたず》を呑《の》んでいた。

「あなた、愛してるって、言ったじゃないのっ」

「じ、冗談じゃないっ。そんなこと、誰が言うもんかっ」

「嘘よっ。言ったわ！　だからわたくしは待っていたのに――」

「とにかく、子どもを返せっ！」

これ以上我慢出来ないという様子で、好岡さんはだっと駆け寄ってくると、女性の腕からたぁくんを奪い取ろうとした。わずかな小競《こぜ》り合いのようなものがあって、

「きゃあっ」という悲鳴が上がる。次の瞬間、女性は路地に倒れ込んでいた。それを、たぁくんを奪い返した好岡さんが、真っ赤な顔をして見下ろしている。一瞬、辺りに静寂が広がった。

「痛い——痛い、痛い痛い痛い！　誰かっ！　この人が私に暴力をふるいましたっ。誰か、警察を呼んで！　警察を！　痛い！」

倒れ込んだ女の口から、さっきとは異なる悲鳴が上がった。

「警察を呼んでくださぁい！　暴行の現行犯ですっ！　誰かぁ、助けてぇ！　殺されるぅ！」

見るからに上等な服を着て、路地に両手をついたまま、女は叫び続けていた。路地に出ていた人たちが、ざわざわと集まってくる。やがて遠くからパトカーのサイレンの音が響いてきた。芭子たちの視界の一番奥の方で、大石のお婆《ばあ》ちゃんが、好岡さんの奥さんの腕を摑《つか》んでいるのが見えた。

やがて、背後からガチャガチャという音が聞こえてきたかと思うと、数人の警察官が路地になだれ込んできた。瞬《また》く間に女性を抱え起こし、さらに好岡さんを取り囲む。たぁくんを抱きしめたまま、好岡さんは真っ赤な顔のままで立ち尽くしていた。

「この女性に乱暴を働いたっていうのは、お宅ですか」

警察官の一人が言った。その時、集まっていた野次馬の中から「おおいっ」という声が上がった。隣にいた綾香が「出たっ」と呟いた。

「待ってました。ボタン登場！」

押し殺した声で囁《ささや》くと、綾香は肩をすくめて「にひひひ」と歯を剝《む》いて笑っている。芭子も思わずぞくぞくする快感がこみ上げるのを感じた。

「あんたら、その人をどうするつもりだ」

大石のお爺《じい》ちゃんが一歩前に出てきて集まっている警察官たちを見回す。

「はやまったことをしてもらっちゃあ、困るんだぞ。ここにいる人たちは皆、一部始終を見ておるんだから。もとはといえば、その女が悪いんだ」

「それは、こっちでちゃんと事情を聞いて判断しますんでね、関係のない人は――」

「関係あるから言ってるんだっ！　その人は何も悪くないと言っておる！」

パチパチパチ、と周囲から拍手が上がった。警察官たちは一瞬、顔を見合わせている。ざわめきに混ざって、「痛いわ、ひどいわ」と言い続けている女の声が聞こえた。

「だけど、こうしてこちらの方が突き飛ばされたと訴えてるわけですし――」

「人の家の子に誘拐まがいのことをして、抱きかかえて離さないからだろうがっ」

「でも、一応は怪我《けが》をしているかも知れないわけで――」

「そんなもの、自業自得《じごうじとく》だっ」

「とにかく、一度署に来てもらってですねえ――」

「行く必要はないっ。ここにいる連中が見ておったと、言ってるだろうがっ」

ほとんど小競り合いのような格好で、路地中に人が溢《あふ》れそうになっている。綾香が、芭子の袖《そで》を引っ張った。

「ここまで見りゃ、もういいよ。行こう」

だが、この人混みでは前に行かれない。二人は来た道を引き返し、路地の反対側から回り込んで帰ることにした。

「何か、すごいドラマを見せてもらったって感じだねえ」

「『火曜サスペンス』みたいだったね」

野次馬たちの背後に回り込む格好で家に入ると、芭子たちは早速こたつに足を入れながら、ほうっと息を吐き出した。外はまだざわめいているはずだが、こうして家に入ってしまうと、不思議なくらいにひっそりと静かになる。

「要するに、あの女の人は何だったの？」

「聞いてた感じだと、あの旦那さんの、学生時代の知り合いってことだよね、要するに。家庭教師をしてた家の、奥さん」

「そんな人が、どうしていきなり嫌がらせなんてしなきゃならないの？　好岡さんの旦那さん、本気で驚いた顔してたよね。十五年ぶりとか、言ってたじゃない？」

「分からないけど——ありゃあ、何ていうか一種のストーカーなんじゃないのかね」

「あの年で？　第一、好岡さんよりずっと年上でしょう？」

「年は関係ないんだよ——お茶、淹《い》れて」

「あ、うん」

台所に立つついでに、窓から外の様子を窺《うかが》ってみた。まだ、何となくざわめいているようだ。好岡さんも、とんだ災難だと思う。こんなことで、もしも捕まるようなことにでもなったら、奥さんだってさぞかしショックを受けるだろう。小学校の先生という立場上、仕事だってやめなければならなくなるかも知れない。人ごとながら、そんなことを考えると心配だった。

6

好岡さんの旦那さんは、まったく罪に問われなかった。むしろ、警察に捕まったのはあの女の方だと聞いたのは、数日後のことだ。朝、ゴミを出しにいったときに、大石のお婆ちゃんと入沢さんの奥さんとが教えてくれた。

「あの女ね、親戚《しんせき》だって嘘ついて、たぁくんを幼稚園から連れ出したでしょう。それが『未成年者なんとか誘拐罪』ってことになるんだってさ。で、たぁくんを助けるために、女を転ばすようなことになっちまったわけだから、たぁくんのパパさんには、正当防衛が認められるんだって」

入沢さんの奥さんは六十は過ぎていると思う。逆三角形の輪郭で、白髪交じりの髪がいつもバリバリに広がっている。もう少し気をつければ、そんなにみっともない外見ではないと思うのだが、そのあたりが残念といえば残念だ。

「誘拐ってさあ、結構、罪が重いんじゃないの？」

「重たいはずですよ。もしも本当に誘拐っていうことになったら、下手したら懲役三年とか五年とか」

「さすがに詳しいねえ、芭子ちゃん」

大石のお婆ちゃんが顔をしわくちゃにしてにっこり笑う。一瞬、しまったと思った。刑務所で似たような罪を犯した女と一緒だったことがあるのだ。その女の場合は夫が前妻との間にもうけた子どもを連れ出したということだった。身体に危害などは加えていないという話だったが、それでも懲役六年の判決を下されたと言っていた。

「さ、さすがなんて――」

「教養が身についてる証拠だわよ。こういう話をしてる最中にでも、すらすらっと出てくるんだもの。大したもんだわ」

入沢さんの奥さんも「ほう」というような感心した顔で頷《うなず》いているから、芭子はますます居心地が悪くなった。それはそれとして、あんなにお洒落《しゃれ》な服を着こなしていた女性が、刑務所に入ることになろうとは。

「一体、どうしちゃったんですかね、あの人」

「詳しいところは分からないけどさ。まあ、要するに、好岡さんのパパさんが学生だった頃に、あの女の息子の家庭教師をしてて、ちょっといい関係かなんかに、なってたのか、なりかけてたんだか、そんなところなんじゃないの？」

「教え子の、お母さんと、ですか」

「そりゃ、あんた。そんなこともあるわよ。そうじゃなけりゃ、ただ子どもの家庭教師だったからって、十年も十五年もたって、急に嫌がらせにきたり、するもんですか。あの時だって、何だか意味深なこと、叫んでたじゃない？」

そういえば、そうかも知れない。「わたくしは待っていた」とか、そんなことを言っていた。

「好岡さんの旦那さんがねえ」

「若い頃のことだもん。ことに男なんてね、そんなもん」

「でも、奥さんはショックじゃないですか」

「そこんとこはもう、夫婦で話し合ってさ、丸く収めるより他ないでしょう？　もうすぐ二人目が生まれるっていうのに、そんな昔のことで、今さら喧嘩《けんか》してる場合じゃないもん」

なるほど、こういう形で過去が蘇《よみがえ》ることもあるのかと思った。べつに、芭子のような過去ではないにせよ、家庭にさざ波程度は立つに違いない。人生は、いつも過去とつながっている。まったく悔いのない道を歩んできている人など、まずいない。

「おはようっす」

ふいに背後で声がした。飛び上がって振り返ると、あの警察官だ。しまった。こんなところで立ち話などしているのではなかったと、芭子は思わず唇を噛《か》んだ。

「こないだ、大変だったみたいっスね」

「そうよ、あんた。お巡りさんが一杯来ちゃってさあ、この路地に人がぎゅうぎゅう詰めなほど溢れて。そういえば、あんた、どうしていなかったの？」

大石のお婆ちゃんが高木の腕を摑んで引っ張った。仕方なさそうに自転車から降りながら、高木は苦笑気味に「当番で動いているもんで」と答えている。

「後から聞いて、そりゃ残念なことをしたって思ったんですけどね、しようがないですよね、こればっかりは」

それから高木は、改めて芭子の方を見てにっこりする。何だ、この男は。芭子は思わず視線に力を込めて、相手を見据えてしまった。自然に口元に力が入っているのが自分でも分かる。

「あれ──どうしたんスか、芭子さん。朝からご機嫌斜め？」

この軽々しさは、何なのだ。今度は眉根《まゆね》に力が入る。相手の腹がまるで読めない。芭子の過去を知っていながら、芝居をしているのか、だとしたら、どういう魂胆なのだろうか。

「今日もバイトなんじゃ、ないんスか」

「──そうですけど」

「ねえねえ。俺ねえ、一度、芭子さんに聞こうと思ったんですけど」

入沢さんの奥さんが何も言わずに立ち去っていった。大石のお婆ちゃんだけが興味津々《しんしん》の表情で芭子たちを見上げている。ここで何か言われたら、破滅かも知れない。自然に顔がかっかとしてきた。大きく、ゆっくり深呼吸をして、芭子は「何ですか」

と呟《つぶや》いた。何か妙なことでも口走りかけたら、その時は、この男をただじゃおかない。

「あのさあ、芭子さん、イヌっころの服とか、作ってるんですって？」

「――は」

「イヌっころの」

「――そうですけど」

「俺ねえ、ホント、ショックでしたよ、それ聞いたとき。まじ、ガッカリしちゃってさあ。だって、イヌの服だよ。分かります？　あんなに馬鹿馬鹿《ばかばか》しいもの、ないでしょうが」

ぽかん、となった。

――ガッカリしたって、そのこと？

「俺ねえ、あれ、大っ嫌いなわけですよ、イヌはイヌなの、ね？　ちゃんと毛皮着てるんだし、人間でも何でもないの。それが、飼い主の勝手でさあ、変な服、着せられて、イヌだって迷惑だと思いません？　いくら可愛《かわい》くたって、イヌには戸籍もないし、国民としての義務もないしね、人間とは違うの」

肩からも背中からも、一気に力が抜けていく。芭子は、真剣な表情で、手振りまで交えて熱弁を振るう警察官を、しばらくの間、ただぽかんと見つめていた。

──そんなこと。

腹の底から、くすぐったいような笑いがこみ上げてくる。

「あ、何、笑ってるんスか。そう思わないかって、聞いてるんスよ。あれってさあ、俺から言わせたら、ある種の動物虐待《ぎゃくたい》になるんじゃないかと思うんだよね、逆に。ねえ？　芭子さんは、そう思いません？」

「思いません」

芭子がきっぱり答えたところで、今度は大石のお婆ちゃんが軽く手を振って自分の家に戻っていく。

「あの服には、ちゃんと理由があるんです」

「へえ、どんな」

「最近の小型犬は、無理な交配で生まれている場合もあって、身体《からだ》の弱い子が多いですし、家の中で飼われるようになっていますから、すごく寒がりなんです」

「どうして、イヌを『子』なんかで呼ぶんですか」

「それは、つい、ですけど。でも、ペットを飼ってらっしゃる方はイヌでもネコでも、皆、家族だと思ってるんです」

「そんならそんで、いいとしたってね。だけどイヌってえのは、『雪やこんこ』でも、喜んで庭を駆け回るもんじゃないですか」

「ですから今は、そういうイヌばっかりじゃないんです。特に小型犬は、寒くて震えてることだってあるんですから。知らないんですか？」

さっきまで挑戦的な表情だった警察官の顔が、今度は鳩《はと》が豆鉄砲を食らったように変わっていく。芭子は、身体の奥底から次々に湧《わ》き起こってくる泡のようなものを感じながら、わずかに笑みを浮かべて相手を見据えた。

「それに、ああして服を着せることで、身体が汚れることを防ぐという意味もありますし、お散歩の途中で他のイヌと喧嘩して、もし噛まれたりしても、身を守ることも出来ます。もちろん、デザイン的な面で飼い主が色々と楽しむことはありますが、少なくとも私は、イヌの負担にならないように、着やすい服を作っているつもりです」

すっかり気圧《けお》された様子の警察官は、しばらくの間、目をまん丸にしていたが、やがて「でも」と唇を尖《とが》らせた。

「イヌは嫌がるでしょうが」

「嫌がるイヌばかりじゃ、ありません」

「え――そうなんスか？」

芭子は、ふん、と小さく笑うと、そのまま自分の家に向かって戻り始めた。高木聖大という警察官は、「え、え」と言いながら、自分も自転車を押してついてくる。堪《こら》えても堪えても、ついつい笑みが浮かんでしまう。何だ。そんなことだった。過去が暴《あば》かれたわけではなかったのだ。

「嫌がらないんスか、イヌっころは」

「だって、着れば暖かいんですもの。寒いより嬉《うれ》しいに決まってるじゃないですか」

「そんなこと、理解しますかね」

「当たり前でしょう？　あなた方のところにだって、警察犬とかいるんだから、イヌが賢いことくらい、知ってるんじゃないんですか」

「あ、そっか——でも、でも——あ、芭子さん、何、笑ってるんスか」

「笑ってなんていません！」

言いながら、もう我慢が出来なかった。お腹《なか》がひくひくしてくる。とんちんかんな警察官に「あかんべえ」でもしてやりたい気分で、芭子は走り始めた。朝の陽が斜めに射《さ》して、路地を金色に染めていた。

かぜのひと

1

日が暮れると風向きが変わり、急に冷たい北風が吹き始めた。桜もそろそろ満開の見頃を迎えて、日中の陽射《ひざ》しなどはずい分と暖かくうららかになったと、すっかりほぐれていた心と身体《からだ》が慌《あわ》てて縮こまりそうになる。真冬並みの乾いた風が吹き抜けた途端、隣から「さびぃ！」という声が聞こえた。自転車を押しながら、ついマフラーの襟元に手をやっていた小森谷《こもりや》芭子《はこ》は、声の主を見て小さく微笑《ほほえ》んだ。

「こんな日に呑《の》み会なんて、大変ね」

アルバイト先で一緒のあみちゃんは、自宅は駒込《こまごめ》なのだが、今夜は谷中《やなか》で友だちと呑むことになっているとかで、芭子と一緒にこっちにやってきた。

「ぜーんぜん。だって、普通の呑み屋だもん。最初は谷中墓地で花見しようぜとか、言ってたんだから」

「墓地で？」

「あんなケツの冷える場所で、こんな日に酒盛りなんかしてたら、まじ、こっちの方が凍え死ぬよね」

「――いいの？　そんな、墓地なんかで酒盛りって」

さあ、知らねえ、と肩をすくめるあみちゃんは、芭子よりも十歳近く年下の、まだ二十歳そこそこの娘だった。化粧だけはかなりの濃さだが、中身は幼い。だが彼女は、いつでも芭子を名前で呼び、まるで同世代のような口調で話しかけてくる。最初のうちは抵抗があったが、もう慣れた。おばさん扱いされるよりは、まだましだ。それにしても夜の墓地で、と、芭子がどう言葉を返したらいいか考えていると、あみちゃんは「べつに、いいんじゃねえ？」とこちらを見る。可愛《かわい》らしい声なのに、そういう仕草や普段の口調はまるで男子だ。しかもヘビースモーカーと来ている。店の裏などで、くわえ煙草《たばこ》のまま携帯電話をいじっている様は、どこの男の子かと見間違うこともあるほどだ。

「意外と、いいんだ、あそこ。人はいねえし、すげえ静かだしさ」

「――明かりとかは？」

「そんなん、ないっしょ。墓地だもん」

「――それで、平気なの？」

「何が？」

「だって、墓地でしょう？　その上、夜なんかに行ったら、いくら桜が綺麗《きれい》だからって、何ていうか――」

不謹慎と言うべきか、非常識と言うべきだろうかと迷っている間に、あみちゃんは「あっ」と声をあげ、意味ありげな顔でこちらを見た。

「ひょっとして、芭子ちゃんさ、まじ、ビビってねえ？」

「ビビるって――」

「お化けでも出てくんじゃねえかとか、思ってるんじゃねえ？」

「だって、気持ち悪いと思わない？　周りには何百年も前からの、数え切れないくらいの人が眠ってるのよ。それに――」

常識的に考えて、と言いかけたところで、あみちゃんがゲラゲラと笑い出した。

「まじ、受けるぅ」などと言いながら手を叩《たた》いている。

「芭子ちゃんってさ、そういうの信じるヒトなんだ？　幽霊とか、そういうヤツ」

そりゃあ、そうよ、と言いかけたとき、今度はあみちゃんが「げっ」と声を上げた。この子は仕事中でも年がら年中「げっ」とか「ぎょっ」とかいう声を上げる。最初のうちはいちいちびっくりしていたものだが、この頃は芭子も慣れてきた。

「ちょっとちょっと、あれ見て。激やばだと思わねえ？」

既に七時半を回って、谷中ぎんざでも表を閉めている店が多かった。その中で、あみちゃんは、まだ明かりの灯《とも》っている一軒の店先に立ち止まって、顎《あご》をしゃくるようにしている。その先をたどると、店先に置かれた陳列台に、縮緬《ちりめん》らしい布で出来ているミニサイズの座布団《ざぶとん》の上に、お腹《なか》を出してひっくり返っている小さなネコの置物が売られていた。

「――あれ？　あの、ネコの？」

「そうそう。まじ、やばくねえ？　すげえよ」

「――やばい？」

「やばい、やばい。かなり、やばい」

あみちゃんは、芭子たちの職場である「パピーカタヤマ」というペットショップで売られている子ネコや子イヌなどにも「やばい」という表現を使うことがあった。最初のうち芭子は、彼女が「やばい」と声をあげる度に、動物たちに何かしら病気の兆候でも見えるのだろうか、または、今は可愛らしいけれど、大人になったら変な顔に育ったりするタイプなのだろうかなどと一人でおどおどしていたものだ。もともと年齢は芭子の方がずっと上だが、駆けだしの自分に対して、高校卒業後すぐに今のアルバイトを始めたという彼女には、とてもかなわないと内心で舌を巻いていたせいもある。だが、世の中、変われば変わるものだとつくづく思う。いつの間に「やばい」という表現が褒め言葉でも使われるようになったものやら。

芭子にとって「やばい」という表現は、褒め言葉などでは到底あり得なかった。危ない、不都合だ、まずいという意味合いでだけ解釈してきた。「あそこ」でだって、そんな風に「やばい」という言葉を使う受刑者は、たとえあみちゃんと同世代の覚せい剤中毒者であったとしても、いなかったと思う。要するに、時代が変わったのだ。

「あ、そんじゃあさ、私、こっちだから」

これまた前触れもなく、あみちゃんは唐突に手を振って、さっと向こうを向く。ところが、そのまま行くのだろうと思っていたら、「あっ」と言ってくるりと振り向いた。押してきた自転車を方向転換させかけていた芭子は、改めて彼女を見た。あみちゃんはぽかんとした顔で「何てったっけ」と呟《つぶや》いている。

「――何が?」

「ほら。あれ。ええと、ああ、ぽっちだ。ぽっち。あのさ、何でピーちゃんじゃないわけ」

別れ際《ぎわ》になって、何をいきなり言い出すのかと思いながら、芭子は口元をほころばせた。あみちゃんは唇を尖《とが》らせて首を傾《かし》げている。

「インコならピーちゃんでしょ、普通」

「そうかも知れないけど。でも、それじゃあ普通過ぎると思って。それに、あの子は、くちばしの下に、小さなぽっちがあるじゃない？　だから」

「ああ、青丸ね。そうか、あったっけ」

「青丸っていうの、あれ」

インコの目の下というか、頬の辺りにある色の違う部分をチークパッドと呼ぶということは覚えたが、あんな部分にも名称があるとは知らなかった。第一、ぽっちの場合は、その部分は青ではなくて黒だ。だが、さすがに経験だけは積んでいる。あみちゃんはこういうちょっとした部分での知識が豊富なのだ。

「あれってさ、羽根が抜け替わるときに、消えたりする場合もあるんだよ。で、また出てくることとかさ」

「へえ、そうなの？」

「まあ、いいや。とにかく、ぽっちによろしく」

言いたいことだけ言って、すたすたと去っていく彼女の後ろ姿を少しの間見送っているうちに、つい大きなため息が出てしまった。

──やれやれ。

悪い子ではないと思っている。だが、ひどくあっさりしているというのか、マイペースというのか、あの独特の唐突さや、たとえ仕事中であっても、相手の都合をまったく気にしない性格が、羨《うらや》ましくもあり、時には肩透かしを食わされたような気分にもなる。まるで風のような娘だ。それが若さというものなのだろうかと、時々思う。だが少なくとも芭子があの年頃だったときは、あんなではなかった。もっともたもたしていて、要領が悪くて、そして何より、風とは正反対の、重苦しいタイプだった。だから、実はほんのちょっとしたゲームに過ぎなかった恋愛さえ上手に乗り切れなかったのだ。

その恋愛もどきが原因で、今の彼女と大差ない頃に、芭子は逮捕された。そして二十代の大半を、それこそ様々な「やばい」事情を背負っている女たちと共に、刑務所《あそこ》で過ごすことになった。時間が止まったような暮らしを七年間続けて、ようやく娑婆《しゃば》に戻ってみれば、かつてごく平凡な女子大生だった芭子は、大学中退で何の資格も社会経験も、家族すら持たない中途半端《はんぱ》な三十路《みそじ》前の女になっていた。持っているのは前科だけだ。

人混みを抜けたところで自転車にまたがれば、ほんの数分で家に着く。芭子は勢いよく自転車のペダルをこぎ、小さな路地を曲がった。風がますます冷たくなった。

「た、だぁいま」

祖母が遺《のこ》してくれた古い木造のこの家は、床も天井も柱も、何もかもが黒光りするほど古びていて、二階の窓はすべて古い磨《す》りガラスだし、陽が傾いてしまうと途端にひっそりと薄暗くなる。夜ともなれば、さらに湿り気のある空気に包まれて、心細くなるほどだ。だから芭子はいつどこから帰ったときでも、玄関の扉を開けるなり大急ぎで明かりを灯すことにしている。最近になって白熱灯から電球型の蛍光灯に取り替えたから、スイッチを入れてもぱっと明るくならないのがもどかしいが、慣れるしかないと思っている。

「ぽっち。ただいま」

廊下を抜けて茶の間に向かい、またすぐに明かりを灯す。すると、窓辺に置かれた鳥かごの中で、止まり木の中程にとまっていた一羽のセキセイインコが、微《かす》かに首を傾げてこちらを見た。

「寒くなかった？　ヒーター入れてったから大丈夫だったよね？」

部屋が暗くなってからは眠っていたのだろうか。ぽっちは右へ左へと、何度か首を傾げていたが、やがてクチュ、ピチュ、というような小さな声を出し始めた。芭子が鳥かごに歩み寄ると、自分も止まり木を移動して、こちらに近づいてくる。最近、こういう素振りを見せるようになってきた。

頭の部分が白くて胸から尾羽までは鮮やかなブルー、尾羽がグレーがかっている、いわゆるオパーリンという配色のタイプになるらしいこのセキセイインコは、つい二週間ほど前にこの家にやってきた。実のところ、ペットなど飼うつもりは毛頭なかったし、中でも鳥にはほとんど興味もなかったのだが、行きがかり上こういうことになってしまった。アルバイト先で一度は売れたインコなのに、返品されてきたのだ。

こんなに鳴き声がうるさいとは思わなかった。トイレがしつけられないとは知らなかった。言葉を覚えようとしない。手に乗ってこないので可愛くない——。それが返品の理由だった。買われていって、まだほんの二週間足らずだった。

「あ、またお水の中にフンしてる。しょうがないなあ」

買っていったペットを返品してくる客は、実はそう珍しくない。売る側としては、あらかじめ色々と説明しているつもりなのだが、子ネコでも子イヌでもハムスターでも、何だかんだと理由をつけては、あっさり返してくるのだ。

「じゃあ、取り替えようね。綺麗なお水、飲みたいものね」

鳴くから。もうしつけが出来ていると思ったから。糞便《ふんべん》が臭いから。懐《なつ》かないから。

大切にしている家具に傷をつけたから――。一体、生きものを何だと思っているのかと、呆《あき》れてものが言えなくなる。だが、こちらが引き取らないと突っぱねれば、見捨てられた生きものは路頭に迷い、あるいは殺されるかも知れない。だから、「パピーカタヤマ」の片山社長は、返されてきたペットは基本的に引き取る方針のようだった。中には高価なイヌやネコもいて、その場合は返金などの問題も起きる様子だが、それ以上の細かいことは、単なるアルバイト店員の芭子には分からない。

　服を着替え、家中の雨戸を閉め切ったところで、芭子は再び鳥かごに近づいた。

「おまちどおさま」

　社長から半ば押しつけられる格好で飼うことになったインコだが、もとの飼い主から同時に返されてきた鳥かごは、なかなかの高級品で、前面だけでなく天井部分も大きく開けるようになっている。インコが驚かないように、静かに鳥かごを開けてやり、芭子はそっと自分の手を差し出した。すると、相変わらず小首を傾げて何か考えている様子だったぽっちは、よち、よち、と止まり木の上を移動し、ちょん、と弾んで、芭子の指へと移った。

「ああ、来てくれた。もう、ちゃんと覚えたね。これで大丈夫ね」

何ともいえない嬉《うれ》しさがこみ上げる。このインコを返品していった客は、まるで手に乗ろうとしないと文句を言ったが、それは飼い主の責任だ。ぽっちが相手に慣れる前に、何かしら恐怖心を抱くような真似《まね》をしたからに違いない。現につい二、三日前から、ぽっちは、こうして芭子の指にとまるようになった。

「とうとう、うちの子になっちゃったんだもんねえ」

ぽっちがとまったままの手を自分の目の高さまで持ってくると、芭子はブルーのインコを覗《のぞ》き込み、囁《ささや》くように話しかけた。つぶらな瞳《ひとみ》をキョロキョロとさせていることの小さな生命が、芭子がほとんど十年ぶりに持つ家族だった。

2

翌日は日が暮れてからも気温が下がらず、いかにも夜桜見物にぴったりの気持ちのいい晩になった。いつものように仕事を終えて、自転車で自宅まで戻ってくると、玄関先に人影が見える。シルエットだけでもリュックサックを背負っていると分かる、その丸っこい姿を見て、芭子はりん、と小さく自転車のベルを鳴らした。

「待った？」

シルエットが大きく頷《うなず》く。バイトが終わった時点で買い物をして帰ると電話を入れておいたから、頃合いを見計らって来てくれているはずなのだが、綾香《あやか》は「早く開けて」と、せっつくような声を出した。

「どうしたの、そんなに慌《あわ》てて」

自転車から降りながら、芭子は改めてシルエットを見た。綾香は、地団駄を踏むような格好をしながら「早く」と繰り返している。

「なあに、トイレ？」

「違うって。話したいことがあるのよ。芭子ちゃんに！」

「なあに」

「いいから、早く入ろうって！　すっごく、いい話なんだから」

家の建て込んでいる一帯だから、声だけは控えめに抑えながらも、街灯の光の下で、綾香はもう「にひひひひ」と歯をむき出しにして笑っている。今度はまたどんな話題を持ってきたのだろうかと、つい苦笑しながら、芭子は玄関の鍵《かぎ》を取り出した。

「ぽっち！　ただいま」

まずぽっちに声をかける。

「いたいた、ぽっちゃ。おばさんですよぉ、覚えてますかぁ」

家に入るなり何を喋《しゃべ》り出すのかと思っていたら、綾香の方もリュックを下ろすよりも先に茶の間に行き、明かりを灯して早速ぽっちの鳥かごに近づくなり、「こりゃ」などと声をかけ始めた。最初にインコを飼うことになったと打ち明けたときのことを思い出して、芭子はまた小さく笑ってしまった。何しろ、あのときの綾香の剣幕といったらなかったのだ。

「何てもの、もらって帰ってきたのよ、もうっ」

叱《しか》られる覚悟はしていたものの、綾香は想像以上に険しい表情になって「まったく」と腰に手まで当てて、芭子を睨《にら》んだものだった。まだ名前もついていないセキセイインコを入れた小さな箱を持ったまま、芭子は思わず首をすくめて「だって」と口ごもってしまった。

「ちょっと。分かってるの、芭子ちゃん。あんた、小鳥一羽だって、飼えばそれなりにお金がかかるんだよ」

「――分かってる」

「仕事先でさんざん生きものの相手してきてるんだから、べつに家で飼うことなんかないじゃないのよ」

芭子よりもちょうど一回り年上の彼女の座右の銘は、「なくても生きていける」というものだ。その言葉通り、綾香は食費も何もかも、一円でも切り詰めた節約の日々を送っている。それもこれも、出来るだけ近い将来に手づくりパンの店を開くことを夢見ているからだった。そうして生きていくことが、既に四十を過ぎている彼女が、これから先、誰に頼ることもなく暮らしていかれる唯一《ゆいいつ》の道だと信じている。

「返していらっしゃい」

「そんな——無理だよ、そんなの」

「何でよ、やっぱり飼えませんって言えば、いいじゃないよ。そんな余裕はありませんって」

そして、その辺りの事情は芭子もまるで同じだった。実際のところは、綾香ほど生活費を切り詰めなくても、暮らしていかれないというわけではない。アパート暮らしの綾香と違って、祖母の遺してくれたこの家があるし、多少の蓄えだってないわけではなかった。だが一生、遊んで暮らせるほどの金額というわけではない。それに前科のある身としては、これから先も人並みの幸福など夢見てはならないと自分に言い聞かせている。結婚とか、誰かに養ってもらえるなどといったことは、ゆめゆめ期待してはならないのだ。最後まで一人の力で生きていく覚悟をしなければならない。どうするの、もしもそうなったら」

「社長に気を悪くされたら、仕事をもらえなくなるかも知れないじゃない。どうするの、もしもそうなったら」

芭子だって綾香だって、犯した罪は懲役という形でとうに償《つぐな》いを終えている。それでも、これから先どれほどの年月が過ぎようと、何かあれば「前科者」という目で見られることに変わりはなかった。だからこそ、ひたすら目立たないように、息を殺して地道に生きていかなければならない。そういう中で自立を目指す難しさなど、「あそこ」にいるときには想像もしていなかった。自由なようで自由ではない。常に怯《おび》えて緊張している。正直なところ、出所後の今の方がよほど重たい罰を受けている気分になることもあるほどだ。

「私なりに、やっと少し道が開けたと思ってきてるところなんだよ」

「それは、分かってるけどさ」

「要するに私が、ぽっちの食費なんか何の心配もいらないくらいに頑張ればいいんだから。やるから。もっと」

実は芭子は、通常のアルバイトとはべつに、小型犬用の服などを作って「パピーカタヤマ」に卸させてもらっている。最初のうちこそほんの数パターンの服や小物類だけだったのだが、芭子の作る服は値段が安いこともあって、意外なほど売れ行きがいい。そのために、だんだんと服の種類も増えてきて、最近ではそっちの収入の方がアルバイトで得られる時給よりもいい月があるくらいだった。つまり「パピーカタヤマ」は、今やアルバイト先というよりも、大切な取引先と呼んでいいような存在になりつつあった。だからこそ、出戻りインコを引き取らないかと打診されたとき、咄嗟《とっさ》に社長の機嫌を損ねたくないという思いが働いた。

「それに、この子は一度、捨てられてるのよ。そんな子を、もう一度、捨てるの？」

普段はことあるごとに綾香から「我慢しなさい」と言われて、ついしゅんとなることの多い芭子だが、あのときばかりは頑として譲らなかった。綾香は、「まったくもう」と呆れたようにため息をついた。

「死んだとき、悲しい思いをすることになるんだよ」

「分かってる」

「イヌやネコならともかく、何も、かごに入れられてるようなものなんか、わざわざ飼うことないのに」

「また、綾さん。どうしてそういう言い方するの？　この子と私たちなんて——」

言いかけて、つい言葉に詰まった。そう言われてみれば、いつもかごに入れられている姿は、「あそこ」に入っていたときの芭子たちを連想させる。以前、二人で動物園に行ったときもそうだった。檻《おり》の中の動物を見て、つい昔の自分を思い出してしまったことがある。

「——うまいこと、言うわね」

半分膨《ふく》れっ面《つら》のままで呟《つぶや》き、それから綾香と顔を見合わせて、最後には二人で笑ってしまった。あの晩はあんなに怒っていたのに、以来、綾香ときたら、この家に来る度に、まるで飛びつくようにしてぽっちに話しかけている。その姿を見ていると、芭子はやはり切ない気持ちにさせられた。綾香だって、たった一人のアパート暮らしを淋《さび》しく感じていないはずがなく、そして、考えないはずがないのだ。もしも家庭さえ壊れていなければ、思い描いていた通りの生活が今も続いていたら、と。

「ちょうなの。ふうん。一人でお留守番してたのね。いい子だ、いい子だ。ぽっちゃ、あんた、本当に可愛《かわい》いでちゅねえ」

「そういうの、やばいっていうんだって」

後ろから声をかけると、綾香はきょとんとした顔で振り返る。

「何がやばいの」

「可愛いとか、すごくいいとか、そういうときに、やばいっていうんだって」

「誰が？」

「最近の若い子」

へえ、と感心したように頷いていた綾香の表情が、ぱっと変わった。

「そう、だからさ、ねえ、やばい話よ！　それ、言わなきゃ」

「パピーカタヤマ」は月曜定休だが、綾香の休みに合わせて、芭子は木曜日もアルバイトを休んでいる。そして、月曜日はイヌのドレス作りに励み、木曜日を本当の休みとして使うことにしていた。つまり水曜日の今日が、二人揃《そろ》って一番ゆっくりと過ごすことの出来る晩だ。綾香が勤め先からもらってきた残り物のポテトサラダやあり合わせの材料を台所のテーブルの上に並べている間に、彼女がバタバタと茶の間から走り出てきた。

「もう、やばいなんてもんじゃない、いい話なんだから、まあお聞きよ」

そしてまた「ぐひひひひ」と大げさなほどに肩をすくめ、歯をむき出しにして笑っている。

「だから、何なの。気持ち悪いなあ」

流し台の脇《わき》に寄りかかるようにして、ぐっと芭子の顔を見つめると、綾香は「あのさ」とわざとらしく声をひそめる。

「実は最近、ちょっとした知り合いが、出来たわけよ」

「また始まった。男？」

「そう。男」

「で、好きになっちゃったって？」

冷蔵庫から取り出したレタスを数枚とトマト、キュウリを水洗いして、ザルに移しながら、芭子はわずかに顎《あご》を引いて綾香を見た。すると綾香は、悪びれる様子もなく「そうそう」と頷く。まったく。この人の、この惚《ほ》れっぽさは何なのだろうかと呆れて見せようとしたとき、綾香は「だけどさ」と、芭子の方にぐっと顔を寄せてきた。

「――なに」

「今度はちょっと違う話なんだ」

「どう違うの」

「あんたに、どうかと思ってるわけよ」

「――え？」

「一応、聞いてみたんだ。そしたら、正真正銘の独身だって。真面目《まじめ》そうだし、誠実な感じだしねえ、物腰が柔らかくて、その上、インテリときてるんだ、これが。で、だ。私としては、ピンと来ちゃったわけよ。ああ、こういうタイプこそ、芭子ちゃんにぴったりだって」

「綾さんが気に入ったんでしょう？　それで、何で私なの」

するとと綾香は、今度は口を閉じたまま片方の頬だけを引き揚げて「ふふふ」といかにも意味ありげな笑みを浮かべる。

「いくら私だってさあ、自分に合う相手かどうかくらいは、ちゃあんと分かるもんなのよ、ねえ？　第一、あいつはさあ、若いんだよね、ちょっと」

「いくつくらい？」

「三十二、三ってとこだわね」

「それっぽっちが、何よ。綾さん、惚れたら年の差なんか関係ないって、いつも言ってるじゃない」

フライパンを熱して刻んだショウガとニンニクを加え、ブタコマ肉を炒《いた》め始めたところで、綾香もトレーナーの袖《そで》をたくし上げ、芭子がザルに上げておいたトマトを切り始めた。手を休めないままで「それは、そうなんだけどさ」と言葉を続ける。

「とにかく私のタイプじゃあ、ないんだな。残念ながら。でも、イイ男なことは確かなわけ。それにね――」

「ねえ、だから、どこの誰なのよ。いつ知り合ったの、そんな人と」

「だから、お聞きよ。ねえ？　物事には順番ってものがあるんだから。とにかく私は、ヤツに聞いたわけだ。『彼女はいらっしゃらないの？』『ご結婚なさるおつもりは？』『お好みのタイプは』とかさ。そしたら、ヤツは言ったわけだ。同い年か、ちょっと年下くらいで、太めよりはスレンダーなタイプで、出来ればあんまりやかましくないっていうか、おしとやかな印象の女性がって。それ聞いたらさあ、いくら私が図々《ずうずう》しくたって、『それじゃあワタクシが』なんて、言えやしないでしょうが」

「だから、どういう人なんだったら。順序立てて話すんなら、その説明の方が先じゃない？」

綾香は「あれ、そうかな」と首を傾《かし》げながら、乾いた布巾《ふきん》でレタスの水気をとってから大きめのサラダボウルに敷き、自分が持ってきたポテトサラダと共に、トマトやキュウリを盛りつけていく。

その男性というのは、綾香のアパートの、すぐ近所に住んでいるのだそうだ。建物全体をツタが覆《おお》っている、どこから見ても築五十年くらいはたっていそうな古いアパートに、つい最近になって引っ越してきたのだという。確かに綾香が住むアパートの近くには、入り組んだ路地のそこここに、そういう古い建物が残っている。ツタに覆われているアパートも、確かにあったと芭子も記憶している。

「今どき珍しいみたいな、相当なオンボロアパートでしょう？　その人、仕事は？」

「どっか、この辺の学校で教えてるっていう話。だけど中学とか高校とかじゃないね。だって年がら年中、家にいるみたいだもん」

「つまり、大学の先生っていうこと？　この辺の？　芸大とか？　それで、そんなオンボロアパートに住んでるの？」

「まあ、そういうことだわね。どこの学校で教えてるかは、聞いてないけどさ」

綾香はくるりとこっちを向いて「そこなのよ」と張り切った顔になる。

「要するにその人はねえ、結構、ご苦労なさってるってことなんだな。何でも給料はやたら安い上に、本とか研究の資料とか、そういうものをたくさん買わなきゃならないんだって」

「――大学の講師とか、かしら」

「そんな風だから、結婚も出来なきゃ、住むところもオンボロなんですって、笑うわけよね、これが。ちょっと、そういうの、いいと思わない？　自分の貧乏を笑うっていう、そこがさあ」

「そんなの、私たちだって似たようなものじゃない」

肉に火が通ったところでもやしを加える。ジャッという いい音と一緒に、綾香の笑い声が広がった。

「とにかくさあ、体面とかそういうの、まるっきり気にしない感じで、しかも余計なものなんかも背負ってない感じなのが、いいわけよ。ねえ、分かる？」

「どうしてそんな人と口きくようになったの」

「最初は、ゴミ出しの時にね。挨拶《あいさつ》するようになって」

「ゴミ出しって、綾さん、お店に行く前にゴミ出ししてるんでしょう？　そんな時間から、その人も起きてるっていうこと？」

綾香が勤める小さな製パン店は、早朝から焼きたてのパンを販売するために、綾香は、いつも三時半くらいには店に行っているはずだ。すると綾香は、男性の方は寝る前にゴミ出しをしているらしいと答えた。

「その人――笠間《かさま》さんっていうんだけどさ、とことん論文に取りかかっててね、いつも調べ物とかして、気がつくとそれくらいの時間になっちゃってるんだって。すごいもんだわねえ、学者ってえのは」

もやしから水分が出てしまってしんなりする前に、酒、みりん、醬油《しょうゆ》を回し入れて火を強めると、いよいよ食欲をそそる香りが立ってくる。いつの間にか綾香が大皿を持って、芭子がガスの火を止めるのを待ち構えていた。

「とにかく礼儀正しくてさあ、いつもにこにこしてて、偉ぶったところとかも全然ないわけだ」

「そんな明け方にでも？」

「そうそう。で、私としては、ピンと来たわけよ」

「私にどうだろうって？」

芭子はつい小さくため息をついた。前科のある自分が、どうして大学の先生などと釣り合うものか。一体全体、綾香は何を考えているのだろう。

サラダとブタもやし炒め。キュウリとだいこんの浅漬け。がんもどきの煮付けは昨日の残り物で、ふき味噌《みそ》は斜向《はすむ》かいの大石さんからの頂き物だ。これだけ揃えば十分だった。出来上がった料理を茶の間に運び、休日前だけの贅沢《ぜいたく》として、冷蔵庫からビールもどきも出してくると、芭子たちはようやく落ち着いた。桜は咲いても、やはりこたつは必需品だ。温かいこたつに足を入れ、取りあえず二人で乾杯する間、鳥かごの中のぽっちは、やはり首を傾げたり小さな声を出したりして、しきりにこちらを見ていた。

「とにかくさあ、会うだけ会ってみない？」

「私はべつに――」

箸《はし》を持ちながら、ついわずかに唇を尖《とが》らせてため息をつくと、綾香が「芭子ちゃんっ」と姿勢を変えた。

「いい？　怖がってばっかりいたら、いつまでたっても免疫《めんえき》が出来なくて、あんた、またいつか失敗するかも知れないんだから」

「何も、そんな言い方しなくたって――」

確かに芭子はあまりに不慣れで、純粋で、自分の気持ちに歯止めをかけることも出来なかった。しかも、好きになった相手がホストだったことが、結局は刑務所に行くきっかけになってしまった。だからこそ、もう恋愛なんか懲《こ》り懲《ど》りだと思っている。男を見る目がないことも骨身に沁《し》みて分かったし、ひとたび誰かを好きになったら、また前後の見境がなくなって、結局は失敗するのではないか、下手をするとまた似たような犯罪に走ってしまうのではないかと思うと、怖いのだ。

「だから、失敗しないためにもさ、色んな人を見ておいた方が絶対にいいって言ってんの。分かるでしょう？　何も、すぐにつき合えなんて言うつもりは、ないから」

大口を開けてもやしを頬張りながら、綾香は「いいね」と、小鼻を膨らませる。

「ここんとこ、せっかくバイトも始めて、少しは物怖《ものお》じしないようになってきたんだから、ここでぐぐっと世界を広げなきゃ」

「そんなこと言ったって」

「だから、会ってみるだけだってば。ねえ？」

ただ会うだけというのなら、それほど頑《かたく》なに突っぱねる理由もない。それに、綾香が一体全体どんなタイプの男性を、芭子に似合いだと思ったのかも少しは興味があった。まかり間違って、ちょっといい雰囲気にでも発展したら、それはそれで——いいのだろうか。

「あんまり、わざとらしくしないでよ」

仕方ないという表情を崩さずに言うと、綾香は小さな目を精一杯に見開いて大きく頷《うなず》き、それからまた「ぐはははは」と歯をむき出しにして笑った。

3

笠間という人と会ったのは、翌週の木曜日のことだ。その日は午後から一緒に買い物にいく約束をしていたのだが、昼前に綾香から電話があった。買い物の前に、ちょっと自分のアパートに寄ってくれないかと言われて、何ごとかと思いながら綾香のアパートに向かう途中、道ばたで誰かと立ち話をしている綾香を発見した。

「あら、芭子ちゃんじゃない」

笑顔で手を振る綾香と、その前に立っている人を見かけたとき、芭子はすぐに、これが彼女の策略であることを悟った。

「どうしたの？　お買い物？」

先週あれほど、わざとらしくしないでと念を押した結果が、どうやらこれだった。綾香は妙に芝居がかった声を出して、ほんのり目を細めたりしながら、目の前にいる男性に「友だちなんですよ」と言った。

「ご紹介しますね。小森谷芭子さん」

仕方がなかった。芭子は一瞬小さく唇を引き結んで綾香と並び、その男性の前に立った。だが、相手を正視する勇気はなくて、つい、視線が下に下がってしまった。グレーのVネックの襟元から、きちんとプレスされた真っ白いワイシャツが見えている。

「こちらね、笠間さんっておっしゃるの。ほら、前に話さなかった？　うちのご近所で、朝、よくご挨拶するって」

あまりにも綾香らしくない口調に、こちらまでつい鼻白みそうになりながら、芭子は男の顔を見ないままで、軽く会釈《えしやく》をした。頭の上から「笠間です」という声が聞こえた。少し高めの、柔らかい声だ。

「こちらが噂《うわさ》の芭子さんですか」

その言葉に、つい相手の顔をまともに見てしまってから、すぐに目をそらした。瞬間的に、自分の中でどういう変化が起きるか、待ってみようと思った。ドキドキする

「——ちゃんと聞いてるわよ」

わざとらしい笑顔で芭子と笠間とを見比べている綾香を一瞥《いちべつ》してから、芭子は笠間に小さく微笑《ほほえ》んで見せた。心のひとつも動かない相手だと分かってしまえば、それくらいは何ということもなく出来る。

「ねえ、笠間さん。彼女ってねえ、今流行《はや》りの、ペットのお洋服のデザイナーなんですよ」

笠間がへえ、と表情を変えた。若々しい顔つきだと思ったが、眉《まゆ》を動かすと、広い額に何本か皺《しわ》が寄って、落ち着いて見える。

「デザインだけじゃなくて、自分で作って、ショップに卸《おろ》してるんです」

「そりゃあ、すごいや。ご自分でデザインして、作ってるんですか。芸術家だな」

芭子はつい小さく唇を噛《か》んで「まだまだなんです」と下を向いた。まったく、調子がいいにもほどがある。第一、相手は貧乏学者だと言っていたではないか。こっちに生活力があると思われたりしては、たまったものではない。

「綾さんってば、大げさなんです。本当につい最近、ちょっと始めたっていうだけで、それもアルバイトと並行してやってる、ただの内職ですから」

「でもね、笠間さん。いいセンスしてるんですよ、彼女。その服が、ものすごい人気でねえ、売れ行きナンバーワンなんですって。だからきっと近いうちに、そっちで一本立ち出来るわねって、いつも話してるんです」

やたらと売り込もうとする綾香を、芭子は小さく睨《にら》んだ。だが綾香はまるで知らん顔のまま、「もともと趣味が上品だし、手先も器用なんですよねえ」などと続けている。すると笠間が「いや、僕もね」と口を開いた。

「手先で色んなことをするのは、意外に好きなんです。いわゆる日曜大工みたいなこととかね。だから、そういう仕事の楽しさっていうのかな、分かる気がします」

「あら、笠間さんって、日曜大工がお得意なんですか。学者さんなのに」

「僕、料理もやるんですよ。糊《のり》づけとかアイロン掛けだって得意ですしね」

「アイロン掛けまで？　あらまあ。それじゃあ、奥さんがいたって、出る幕がないじゃないですか」

「もしかして、僕の方が主夫に向いてるんだったりしてね」

笑いを含んだ陽気な口調に、芭子は改めて笠間を見た。確かに悪い人ではなさそうだ。綾香とのやり取りからも気取りがなくて気さくな人柄が感じられる。ふと、こういうタイプの人となら、穏やかに同じ時を過ごせるのかも知れないなと思った。べつに、好きでなくとも。

「面白いですねえ、笠間さんって。あ、そうだ。ねえ今度、一度ご飯でも食べませんか。私たち、水曜の夜なら、休みの前ですから、夜更《よふ》かしも出来ますから」

いきなり言い出す綾香に、芭子はつい「そんな」と隣を見た。

「お忙しいのに、ご迷惑だわ」

「だから、ご都合のいい時ってことよ。どっちみち、笠間さんだってご飯は食べるに決まってるんだもん」

「でも、だからって私たちみたいなのが急に――」

「なあに、よく知りもしない近所のおばさんがっていう意味？　こういうしがらみのない関係っていうのが、意外に気兼ねしないでいられて、いいもんなんだったら。ねえ、笠間さん？」

そうですねと、笠間は声を出して笑っている。その笑い声を聞くうちに、何となく心の底が微《かす》かに揺れる気がした。ああ、これが男の人の声なのだ。豊かで、幅があって、のびのびとして聞こえる。女の声のように細く尖っていなくて、柔らかい。

「じゃあ、機会があったら、是非」

「あ、それじゃあ、笠間さんの携帯の番号、教えてもらっていいですか？　だって、ほら、私の番号だけ教えておいたって、笠間さんのことだから、遠慮してなかなか電話くれないかも知れないでしょう？」

ぐいぐいと話をすすめていく綾香に、芭子はただオロオロするばかりだった。どうせなら、芭子の感想を聞いてから動けばいいものを。そうしたら、べつに興味の湧《わ》かないタイプだと答えるのに。どうして綾香はこうもせっかちにことをすすめたがるのだろう。だが、綾香の思惑になど気づいてもいないらしい笠間は、しごく素直に自分の携帯電話を取り出して「ええと」などと言っている。

「じゃあ、取りあえず来週の水曜っていうことで、そのつもりでいてもらって、いいですか？　もちろん、お仕事とか入ったら、全然気にしなくていいですからね」

笠間は相変わらず穏やかに「分かりました」と頷いている。さすがに大学の先生というだけのことはある。芭子などに言われたくはないだろうが、何とも浮世離れしているというか、のんびりした感じだ。

それじゃあ来週、と笠間に頭を下げて歩き始めた途端、綾香が「どうよ」と小さく囁《ささや》きかけてきた。まだ十メートルと離れていないというのに、相手に聞かれたらどうするのだと、芭子は思わず隣を軽く睨んだ。

「せっかち」

「当たり前でしょ。善は急げっていうんだから」

「向こうの都合も聞かないで」

「ピンと来たんだもん。あいつはねえ、笠間くんは、あんたを気に入ったわね」

路地から少し広い通りへ出た途端、一度、背後を振り返り、それから綾香はにやっと笑いながらこちらを見上げてきた。芭子は「何、それ」と綾香の顔を見つめ返した。

「そんなの、どうして分かるの」

「分かるんだって、おばさんには。それより、どうなのよ、芭子ちゃんの方は。どんな感じがした？　私が言った通りの人だったでしょう？」

芭子が「うーん」と首を傾げると、それだけで綾香は不満げな表情になる。

「何よ、あんた。気に入らなかったの？」

「そういうわけじゃないけど」

「じゃあ、なに」

「何とも、思わなかった」

あらら、と言いながら、大げさにずっこけるような格好をして、綾香は「ふうん」と自分も口を尖らせる。

「思わなかったか。何も？」

「確かにね、いい人そうだなとは思ったけど」

「でしょう？　あれはねえ、なかなかの人物と見たね。今はしょぼい貧乏学者かも知れないけど、そのうちきっと、いい仕事する男だわよ」

「だからさあ、そこまで思うんなら、綾さんがつき合えばいいじゃない」

不忍池《しのばずのいけ》の方向へ向かって歩きながら、芭子が言うと、綾香はまた「ダメダメ」と首を振り、彼は芭子に似合いなのだと繰り返した。

「それに、言ったでしょう？　向こうは十分、芭子ちゃんのこと意識してたって」

「まさか」

「まさかじゃないわよ。ホントだから」

「――そうかなあ」

そんな風に言われると、悪い気はしない。ああいうタイプの男性に意識されるなんて、自分の評価まで上がるような気がするではないか。それに芭子としては、あの笠間が相手なら、どんなことがあっても相手に溺《おぼ》れる心配はないという、ちょっと妙な自信があった。その自信が落ち着きを生む。自分が落ち着いている一方で、相手が恋い焦《こ》がれるような状況を、一度でいいから経験してみたい気もしてきた。

それからの一週間を、芭子は何となく浮き浮きとした気持ちで過ごした。取り立てて何が変わったわけでもない、笠間との食事を心待ちにしているというつもりもなかった。ただ、ちょっとだけ気分がいいのだ。

「その一番の原因は、ぽっちだよねえ」

芭子の声を覚え、芭子の手にのることに恐怖を覚えなくなってきたインコは、芭子が話しかける度に、丸い瞳できょろりと芭子を見つめ、時として様々な声を出しながら、愛くるしい表情を見せる。鳥といったら足が気持ちが悪い、くちばしが怖いという印象ばかりで、幼い頃から一度も飼ったことはなかったが、なるほど、小鳥に夢中になる人の気持ちが分からないではない。

「もしかすると、ぽっちは幸せの青い鳥なのかも知れないわね」

柔らかいブルーの羽根に包まれた胸のあたりをそっと撫《な》でる。ぽっちは怯《おび》える様子もなく、わずかに目を細めた。

「ねえ、ぽっち。私にいっぱい、幸せを運んでくれる？」

インコに言葉を覚えさせたいと思ったら、個体差はあるものの、ヒナの頃から短いフレーズを一つずつ覚えさせるのがいいと聞いた。だが、ぽっちだってきっと大丈夫だと芭子は信じている。だからまずは「ぽっち」という名前を覚えさせるつもりだ。何度でも「ぽっち」と名を呼んで、ぽっちの反応を眺めていると、時間があっという間に過ぎてしまう。家にいるときはせっせとイヌの服作りに精を出そうと思っているが、その時間までぽっちに奪われるくらいだった。

そして次の水曜日、芭子たちは約束通り、笠間を誘って居酒屋へ行った。三崎坂《さんさきざか》を上野桜木の方に上って、途中の路地を少し入ったところにある「おりょう」という小さな居酒屋は、土佐料理という看板を出していて、四十前後の男が二人で切り盛りしている。せいぜい月に一度か二度の贅沢《ぜいたく》だが、綾香と一緒にここへ来て、本物の生ビールを飲み、新鮮な刺身をほんの少しだけつまむのが、芭子にとっては何よりの楽しみだ。

「いい店じゃないですか」

三つだけあるテーブル席の一つに落ち着くと、笠間はぐるりと店内を見回して、嬉《うれ》しそうな顔になった。その表情を見て、綾香がまた目配せをしてくる。笠間の正面に座らされた芭子は、自分でも意外なくらいに気恥ずかしくなって、つい視線を下に落としてしまった。断じて意識しているつもりはない。けれど、男の人とこうして向き合って座ること自体が、何年ぶりかも分からないくらいに久しぶりなのだから、仕方がない。

「そういえば、笠間さんってご出身は？」

「僕ですか。鹿児島なんです。お二人は？」

「私はね、仙台。芭子ちゃんは、ここ。地元なんですよね。すごい、皆、見事に散らばってるわけね」

「本当だ。じゃあ、芭子さんは江戸っ子っていうことになるのかな」

生ビールが運ばれてくる間に、もう話が弾み始めている。だが、話しかけられる度に、芭子は、ええ、とか、はい、しか答えられなかった。やがて注文した料理が並び始めると、笠間がいち早く取り皿を芭子の前に置いてくれた。それから先も、芭子たちが何かしようとする前に、さっと小皿に醤油《しょうゆ》を注いでくれたり、料理を取り分けたりしてくれる。最初はいちいち恐縮していたが、そのうちに芭子はつい「すごい」と笑ってしまった。

「何がです?」

穏やかな表情のままで、笠間がこちらを見る。少しのビールが気持ちをほぐしてくれているのだろう、芭子は「だって」と笑顔のままで笠間を見た。

「すごくまめまめしいっていうか、甲斐甲斐《かいがい》しいっていうか。こういうことって普通、女の方がしませんか」

綾香も隣でうんうんと頷《うなず》いている。笠間は自分の前に座っている綾香と芭子とを交互に見て、照れくさそうな顔になった。

「何か、どうも癖になってるんですかね。もともと僕って、こういうことが苦にならないタイプなんです。でも、やっぱり女性から見たら、邪魔くさい、ですか」

芭子は綾香と顔を見合わせ、一緒になって笑ってしまった。邪魔くさいことなどあるものか。そんな男性ばかりなら、世の中の女性はずい分、楽をさせてもらえると言うと、笠間はほっとした顔になる。

「要するに僕って、世話女房タイプなんですかね。ついつい色々とね、やってあげたくなっちゃうんだな」

隣から綾香の視線を感じながら、芭子は笑顔を崩さずに頷いていた。綾香の言いたいことくらい分かっている。ちょっと芭子ちゃん、いいじゃないのよ。いくら今どきの世の中だって、そんな男、滅多にいるもんじゃないわよ——だが、だからといって好きになれるかどうかというのは、また別の問題だ。ただし、もう少し相手を知ってみたい気にはなってきた。今のところは恋愛の対象にはなっていないにせよ。

「お二人は、どういうお友だちなんですか」

「あ、私たちが知り合ったきっかけですか？」

二人一緒にいれば必ず質問されると覚悟はしていながら、いつまでたってもどきりとなる。だが、答えは用意してあった。前の職場で知り合ったんです。アパレル関係の――それも、まったくの嘘《うそ》というわけでもない。「あそこ」では、芭子と綾香は同じ舎房で寝起きを共にして、同じ縫製工場で作業に当たっていたのだから。

「なるほどなあ。じゃあ、芭子さんは昔から洋服関係とか、そっちに興味があったんですね。で、綾香さんの方は――」

「着るものより、食べるものに興味が移ったんです」

綾香がさらりと答える間に、笠間はいかにも愉快そうな表情でビールを飲み干して、店の人を呼び、次には焼酎《しょうちゅう》をボトルで注文した。一瞬のうちに、芭子は綾香と顔を見合わせた。ボトルでなんて。いくらかかるのかしら。それだけのお金、今日、持ってる？　目で訴えると、綾香の小さな瞳《ひとみ》も微妙に揺れる。三人で割れば、多分、何とかなるんじゃないかしら――さっきの質問に引き続いて、いや、それ以上にドキドキしていたら、運ばれてきた焼酎のキャップをひねりながら、笠間は「今夜はね」と、こちらに笑顔を向けた。

「僕にご馳走《ちそう》させてください。せっかくお二人と知り合えたんだから、そのお礼に」

え、そんな、と言いながら、ついつい肩にこもっていた力が抜けた。

「本当ですか？　私たちなんかに、ご馳走してくださるんですか」

綾香までもがにわかには信じがたいといった表情になった。すると笠間は「なんかうします？　お湯割りでいいのかな」

「こう見えても男ですからね、ちょっとは見栄《みえ》を張らなきゃ。お二人は、飲み方はど

にって」とまた笑顔になった。

笠間が甲斐甲斐しく焼酎のお湯割りを作っている間、隣から綾香に肘《ひじ》で突かれて、

芭子は自分もつい、綾香に笑顔を向けてしまっていた。今までのところは、いいヤッ

だ。たしかに。こんな自分たちに食事をご馳走してくれる男性なんか、これまで一人

として現れたことはなかった。ただ同然でカラオケをさせてくれた女というのは一人

いたが、その実は詐欺師《さぎし》で、最後にはカモられたという落ちがつく。

——そうだわ。

そういう女もいたことを忘れてはならないと、はっとなった。やたらと親切な相手

には、用心してかからなければ。

「じゃあ、改めて乾杯しましょう」

三人分のお湯割りが出来たところで、笠間が音頭を取るように言った。注意しよう、

と自分に言い聞かせながら、芭子はお湯割りの茶碗《ちゃわん》を手に取った。

4

桜が散り、つつじの季節も終わって、日増しに緑が濃くなっていく。その間に、芭子のインコは「ぽっち」と「はこちゃん」「あやさんってば」という三つの言葉を覚えた。日当たりのいい茶の間の窓際《まどぎわ》に鳥かごを置いておくと、芭子が傍にいないときでも「はこちゃん！」「あやさんってば！」と聞こえてくる。その都度、芭子は、ついつい仕事の手を止めて笑ってしまった。

「ぽっちは、ご用がなくても呼ぶんだから」

相手が意味など分からずに話していることは百も承知だ。それでも芭子は、ぽっちが何か言うたびに話しかけた。なあに、菜っ葉が欲しいの。綾さんは水曜まで来られないのよ、などと。

「もしもし、芭子ちゃん？　あんたさあ、今日、休みでしょう？」

ある月曜日、綾香から電話があった。

「笠間さんがね、今日のお昼過ぎなら少し時間が取れるんだって。あんたん家《ち》の、二階の雨戸、見てあげましょうかって」

「本当？　助かるけど、でも――」

「なあに。都合が悪い？」

「そうじゃないけど。お昼過ぎっていったら、綾さん、まだ仕事でしょう？　私、一人っていうことだよ」

途端に携帯電話からけたたましい笑い声が響いてきた。同時に「何、言ってんのよ！」という綾香の声が鼓膜を震わせる。

「相手は、あの笠間さんだよ。心配なんかいらないじゃないよ。第一あんただってさあ、満更でもないんだから。もう好《い》い加減、私が一緒の時ばっかり会うんじゃなくて、この際だから、ついでにちょっと接近しちゃいなさいよ」

咄嗟《とっさ》に「いやよ」と答えて、芭子は、目の前に綾香がいるかのように膨《ふく》れっ面《つら》になった。たしかに、この一、二カ月の間に、笠間の人柄はそれなりに分かってきたつもりだ。初めて「おりょう」に誘った日から、ほぼ隔週ペースで食事にも行き、その都度ご馳走にもなっている。それでも、女が一人暮らしの家に上げるというのには、やはり抵抗があった。

「まったくもう、あんたたちっていうのは二人揃《そろ》って奥手っていうか、堅物なんだからなあ。今のまんまじゃ進展なんかしようがないし、それはともかくとして、芭子ちゃん、雨戸の調子が悪いって言ってたでしょう？　職人なんかに頼んだら、何万円もとられるに決まってるんだから、せいぜい、笠間さんを利用しなさいよ」

「そんな、利用なんて――」

「お茶の一杯も出してあげれば、それだけで喜ぶような人なんだから」

いいわね、ちゃんと直してもらうのよと言って、綾香は電話を切ってしまった。急な展開に、芭子は少しの間、落ち着かない気分で自分の家の中を見回していた。それほど散らかっているとも思わないが、他人様《ひとさま》をお通し出来るような態勢は、整っているとは言い難い。

「ぽっち。笠間さんが来るんだって。二階の雨戸を見てくれるんだって」

ちょっと憂鬱《ゆううつ》だ。だが、その一方では少しばかり気持ちが弾んでいた。ぽっちの声が響くようになっただけで、この家の空気はまるで変わったと思っている。そこへ笠間の柔らかい笑い声も加わったら、さぞかし楽しげな雰囲気になるのではないかという気もするのだ。

「じゃあ、お茶菓子でも、買ってきておこうか。ねえ？　べつに、好きでも何でもないんだけど、失礼があっても、いけないもんね」

懸命に芭子の言葉を理解しようとしているように見えるぽっちに、鳥かご越しに指を近づける。するとぽっちは、器用にくちばしを使ってかごにしがみついてきた。芭子は、ぽっちの頰の辺りを撫でてやりながら「本当よ」と付け加えた。

昼過ぎにやってきた笠間は、相変わらず穏やかな表情だったが、綾香がいないせいか無駄口を叩《たた》くこともせず、すぐに二階に上がって、調子の悪い雨戸を見てくれた。

「ああ、猿がひび割れてるんだな」

「さる？」

笠間は、雨戸の桟《さん》に取りつけてある戸締まり用の木片部分を指して、これを落とし猿とか、たて猿と呼ぶのだと教えてくれた。

「どうして猿なんですか？」

「どうしてかな。猿は一旦《いったん》物をつかむと絶対に離さないから、とか、聞いたことがある気がしますが」

要するに古い雨戸の猿にひびが入って下がりにくくなっており、しかも、猿を落とし込む凹《へこ》みには長年にわたる埃《ほこり》などが詰まっていて、余計に下りなくなっているということだった。

「凹みの方は埃を取り除けば済むことだけど、こっちのひび割れは、どうするかなあ」

調子の悪い原因を芭子に説明した後、笠間は少し考える表情になり、それから「すぐに戻ります」と言い残してどこかに出かけていって、帰ってきたときには木材にも使える瞬間接着剤を持っていた。

「古いお宅なんですね」

「終戦後間もない頃に建てたんだそうです」

「何人家族だったんですか」

「最後は亡《な》くなった祖母が、一人で暮らしていたんですけど」

雨戸そのものを取り替えることは出来ないだろうから、取りあえずこれで猿のひび割れ部分をつけておこうと説明しながら、せっせと手を動かす笠間の後ろに立ち、芭子は、彼のすることをじっと見守っていた。

「そうですか、お祖母《ばあ》さんが。じゃあ、芭子さん自身は、この家で育ったわけじゃあ、ないんですか」

またドキドキしそうになる。芭子は「ええ」と短く答えて、だが、この家には幼い頃から年中、来ていたと言った。

「それなら、この町はやっぱり、芭子さんの地元なんですね」

笠間は、接着剤をつけた部分を指で押さえながらにっこり笑う。

「昔と変わらないですか、この辺は」

「一見すると変わらないようですけど——でも、やっぱり変わってきてます。アパートやマンションも増えていますから、素性の分からない人も多いし」

「外国人とかも、多いですか」

「増えたかも——ううん、増えましたね、確実に。悪い人も増えてるのかも知れません。防犯の貼《は》り紙も、中国語や韓国語で書いてあるものとか、ありますしね」

ふうん、なるほどなあ、と言って、笠間がふいに立ち上がった。アトリエとして、イヌの服作りのための布地や毛糸などが散らばっている部屋で向かい合った途端、雨戸が閉まっているせいだろうか、何だか妙に緊張してきた。

「あ、あの——」

「一応、これで様子を見てください」

「ありがとうございます。あの、じゃあ、下でお茶でも——」

どぎまぎしながら言うと、笠間は「いや」と首を振った。

「お茶なら、どうです、その辺まで出て、外で飲みませんか」

「え、あ——」

「若い女性のお宅に上がり込んで、長居するっていうのも、よくないでしょう。ご近所の目もあるだろうし」

だから、外で一服しましょうと笑う笠間に、芭子は「へえ」と思った。実のところ、綾香がいない状況で、相手がどういう風に変わるかと少し警戒していた。だが、折り目正しさは変わらない。こういう人も今どき珍しいかも知れない。嫌らしいところも微塵《みじん》も見せず、一度として不愉快にさせないというのも大したものだ。

芭子が家中の戸締まりをして回っている間に、階下で待っていた笠間は茶の間の鳥かごに気がついたらしい。

「へえ、インコを飼ってるんですか」

声のした方を振り返ると、笠間は鳥かごに近づいていくところだった。すると、何度か羽根をばたつかせたぽっちが、ふいに「あやさんってば！」と声を上げた。途端に、笠間が声を出して笑い始めた。

「こりゃあ、いいや。綾香さん、インコにまでお説教されてる感じじゃないですか」

いかにも愉快そうに笑っている笠間に、芭子も「そうでしょう」と笑った。やはり、思った通りだった。こういう穏やかな笑い声が家の中に広がるというのは、本当に心地いい。

一緒に家を出て、さて、どこでコーヒーを飲もうか、それとも甘味処《かんみどころ》にでも行こうかと相談しながら路地を曲がったときだった。ちょうど目の前から一台の自転車がやってきた。乗っているのは紺色の制服を着ている若い警察官だ。高木という警察官は、この界隈《かいわい》のお年寄りの間ではちょっとした人気者になっている。だが、逢《あ》うたびにしつこく芭子の名を呼んで、やたらと馴《な》れ馴《な》れしく話しかけてくる態度が、芭子は煩《わずら》わしくてたまらなかった。ただでさえ、前科者《マエもち》としては警察官なんか苦手に決まっているというのに。

「あ、芭子さん！」

案の定、今日も芭子に気づくなり、高木巡査は芭子の方に自転車を走らせてきた。芭子は、ちらりと隣の笠間を見て、小さな声で「行きましょう」と言った。

「あの人に捕まると、話が長いんです。面倒ですから」

相手を促すつもりで、つい笠間の袖《そで》に触れた。その時、すぐ傍まできた高木が一瞬のうちに表情を硬くしたのを、芭子は見逃さなかった。大方、芭子が他の男性と歩いているのに驚き、さらに気にも入らないのだ。何しろ、イヌの服を作っていると知っただけで、自分勝手な思い込みで機嫌を悪くしたこともある男だった。芭子のことなど何一つ知らないくせに、何にでも興味を持っては、すぐに口を出そうとする。そんなことを思ったら、急に意地の悪い気持ちになった。芭子は、かつて見せたこともないくらいに愛想のいい笑みを浮かべて、初めて自分から「こんにちは」と声をかけた。

「あの――芭子さん」

「すみません、急ぎますので」

それだけ言って、すれ違う。隣の笠間は、ただ黙って芭子と歩調を合わせているだけだった。

「ああ、面白かった！」

結局、近くにある不忍通り沿いのコーヒー店に落ち着くなり、つい大きくため息をついて言ってしまった。笠間が小首を傾《かし》げる。

「いい気味だわ」

「誰のこと？」

「さっきのお巡りさん。笠間さんのこと見て、ものすごくびっくりした顔してたじゃないですか。気がつきませんでした？」

笠間は相変わらず小首を傾げたまま「そうだったかな」と笑っている。

「変なヤツなんです。妙に馴れ馴れしくて」

これまでのあれこれを思い出しながら芭子が高木巡査の話を聞かせると、笠間は「ふうん」と頷《うなず》いて、おそらく彼は芭子に気があるのだろうと言った。運ばれてきたコーヒーを飲もうとしていた芭子は、思わずカップを宙に浮かせたまま顔をしかめた。

「とんでもないです、そんなの。大迷惑だわ」

「そうですか？」

「そうですとも。第一、私、警察官って大っ嫌いだもの」

「どうして」

「どうしても。多分、生理的に受けつけないんだと思います」

それじゃあ、しょうがないなと笠間は笑っている。芭子も笑った。何だか不思議だった。彼を異性として意識していないせいか、どう転んでも自分から好きになるという気がしないせいだろうか、かえって意外なくらいに緊張もせず、自然に話が出来る。べつに綾香がいなくても大丈夫ではないか。

「それはさ、かえっていい兆候なのかも知れないわよ」

その晩、水曜まで待ちきれないからと、芭子の家まで押しかけてきた綾香に昼間の報告をすると、彼女はふんふんと真剣な表情で芭子の話を聞いた後で「ふふふふ」と、薄気味の悪い含み笑いをしながら、そう言った。

「だってさ、考えてもごらんよ、ねえ。芭子ちゃんを緊張させないどころか、自然に話をさせてくれる男なんて、この世の中に、そうそういるもんじゃないわよ。その上、二人きりになっても急に豹変《ひょうへん》したりしないわけだしさ、あくまでも紳士的じゃないの。そういう男、貴重だと思わない？」

ありあわせのもので間に合わせた食卓に向かい、ゆっくり箸《はし》を動かしながら、芭子は「そうかも知れないけど」と微《かす》かにため息をついた。確かに、いい人だとは思うのだ。今日のコーヒー代だって、芭子が出すというのを彼は聞き入れずに、結局きちんと二人分を払ってくれた。わざわざ雨戸の修理までしてくれたのに、それでは申し訳ないと言ったのだが、笠間は「気にしないでください」と笑って、取り合ってもくれなかった。

「世帯を持つんなら、ああいう男がいいって。いつも緊張してなきゃならないような男となんて、一つ屋根の下で暮らしてたら疲れちゃうだけなのよ」

「そうかも知れないけど。でも、その気になれないんだから、これぱっかりはしようがないでしょう」

「その気に、なんなさいよ」

「そんなこと言ったって。第一ねえ、考えてもみてよ。じゃあ、私が本気になるとするじゃない？　それで、真剣に二人の未来のことなんか考えるようになっちゃったとして、実は私には前科《マエ》があります、綾さんとはムショ仲間なんですって打ち明けることになったとするでしょう？」

「そんなこと、わざわざ言うことないじゃないよ」

「そんなわけに、いかないって。ちょっと調べれば、きっとすぐに分かることだもん。本当にこれからの人生を二人でやっていこうと思ったら、隠してなんていられないし――それでも彼は、変わらないと思う？　そう保証出来る？」

綾香は途端につまらなそうな顔になって、キュウリの漬け物をぽり、と嚙《か》んだ。

「分からないけどさあ――だけど、もしも本気で芭子ちゃんのことを思ってくれてるんなら、最初のうちは少しくらい悩んだとしても、最後には受け入れてくれるんじゃないかなあ」

「へえ、綾さんにしちゃ、甘いこと言うじゃない」

「甘い？　そうお？」

「そうだよ」

前にもそうやって相手を信じて、いい人だなどと喜んでいて、結局は有り金残らずだまし取られたのではないかと言いたい気持ちが働いた。だが、あのときの綾香の顔と落胆ぶりを思い出すと、とても口には出来ない。詐欺被害が発覚した日の晩、綾香は真っ青な顔をしてこの家にやってきて、そして言ったのだ。殺してやりたい、と。

そのひと言を聞いたとき、芭子は本気で鳥肌が立ったのを覚えている。とてもではないが洒落《しゃれ》にならないと思ったものだ。既に一度、実行に移したことのあるものの台詞《せりふ》としては、冗談に聞こえないほどの迫力がありすぎた。

「まあ、縁があれば、何とかなるんだろうから」

「そう。縁がなきゃね、どうにもならないもの」

「ホントに盛り上がらない人たちだよねえ。張り合いがないってば、ありゃしない」

綾香がつまらなそうに言ったとき、ふいに、鳥かごのなかのぽっちが「あやさんってば」と声を上げた。

「何よ、あんたまで。そういう言い方、しないでよ。こりゃ、ぽっちゃ」

怒っているのか喜んでいるのか分からない綾香を見ながら、芭子は「縁があれば」という言葉を心の中で繰り返していた。少なくとも、ぽっちとは縁があったようだ。だが、笠間に関しては、そういったものが感じられない。仕方がないとは思いながらも、やはり何となく味気ない気持ちにもなった。

5

それから二、三日ほどして、芭子はまたもや道ばたで高木巡査に出くわした。近くの交番が受け持ちなのは分かっているが、どうしてこうもひっきりなしに会ってしまうのかと思うと、ため息が出る。仕方がないから軽く頭を下げて、そのまま通り過ぎようとしたところで、ふと奇妙な感覚に陥った。いつもは「芭子さん！」などと必要以上に陽気な声で名を呼ばれ、何かしら話しかけられる場面なのに、今日に限って警察官は何も言わないまま、黙ってこちらを見ているからだ。芭子はつい立ち止まって、相手の顔を見てしまった。すると高木巡査は「あの」と、妙に堅苦しい顔つきで口を開いた。

「この前、一緒に歩いてた人、いますよね」

「え？　ああ、ええ」

「あの人と――どういう関係ですか」

はは あ、と思った。笠間のことを気にしている。妬《や》いているのだ。芭子は、急におかしくなって「どうしてですか」と尋ね返した。

「どうしてって――いや、どういう関係なのかなあと思って」

「知り合いですけど」

「そりゃあそうだろうけど。だから、どういう」

「割合、親しくしてる方です」

「親しく？　え、あの、つ、つき合ってるんですか？　かっ——彼氏とか？」

あまりにも動揺した口ぶりに、自然に口元がほころんでしまった。芭子は「そんなんじゃないですけど」と言いながら、ちらりと高木巡査を見た。制帽の下の目が、落ち着きなく揺れて、彼がわずかに唇をなめるのが見えた。芭子は、またもや少し意地の悪い気持ちになって、わざと「どうしてですか」と相手の顔に見入った。

「彼が、どうかしました？」

「いや、あの——」

妙に口ごもっている高木巡査を一瞥《いちべつ》して、「じゃあ」とだけ言って、そのまま踵《きびす》を返そうとした。すると、「あの人は」という声が背中に被《かぶ》さってきた。

「やめた方が、いいです」

「——何のことですか？」

高木は唇をわずかに噛み、何か考えている様子だったが、次の瞬間、意を決したようにすっとこちらを見た。こんなに真面目《まじめ》な顔を見たことがないと思うくらいに、真《ま》っ直《す》ぐに芭子を見て、彼は「あの男は」と改めて口を開いた。

「関わらない方が、いいと思います」

「どうして？」

「どうしても」

「――高木さん、あの人のこと、何か知ってるんですか？」

若い警察官は、芭子を見つめたままで「知りません」と小さく首を振っている。そんなはずがない、と芭子の中で警戒ランプのようなものが点滅した。いくら軽薄そうでも、見て分かる通り、相手は警察官だ。芭子などの知らない様々な町の情報を把握しているに決まっている。その彼が、笠間とは関わるなと言うのだ。つまり警察は、笠間という男の何かを摑《つか》んでいる。単なる貧乏学者であるはずの男が、どうして警察官から覚えられなければならないというのだろうか。

頭の中に、一時にあらゆる言葉が散乱した。指名手配。マエ持ち。思想犯――。

「ちょっと、どういうことよ、それ」

その晩、綾香を呼び出して昼間の話を聞かせると、綾香もにわかに表情を硬くした。

「あのお巡りくんが、そう言ったの？　笠間さんと関わるなって？　それってさあ、単なる焼《や》き餅《もち》なんじゃないの？」

「私も一瞬そう思ったんだけど、でも、そういう感じでもなかったのよ。この前、私が笠間さんと歩いてるときに、ばったり出くわしたときもね、もうその瞬間に、さっと顔が強《こわ》ばったんだよね。私、覚えてるの」

「だから、ボクの大切な芭子ちゃんがっていう、そういうのでさあ——」

「そう思ったら、すぐに口にするタイプじゃない、あの男は。とにかく単純なんだから、滅多なことで思い詰めたりなんか、するタイプじゃない」

綾香は口をへの字に曲げて「じゃあ」と言ったきり、宙を見据えている。しばらくの間、沈黙が流れて、茶の間にはぽっちの小さなさえずりと、柱時計の、かっつん、こっつんという音だけが響いた。

「要するに、つき合うなんて、以《もっ》ての外っていうこと？」

「あのお巡りの言葉を信じるならね」

「ちょっとぉ、ショックじゃないよ、そんなの！」

「でもまあ、それならそれで、しようがないんじゃない？　そんなことより、どうするのかっていう話よ」

「何が」

「だから、もしもあの人が指名手配犯か何かだったら。私なんか、この家に上げちゃったのよ」

「指名手配なんてさあ——そんな物騒なことするようなタイプには、見えないよ」

「そんなこと言って。見るからに人殺しみたいな顔したヤツなんか、そうそういるもんじゃないって、あそこでも聞かされたじゃない？」

一見して悪人面の人間が、見た通りに悪人だというのなら、世の中こんなに分かりやすいことはないと、刑務所で教わった。男女の区別なく、神の気まぐれかと思うほど美しい顔立ちの極悪人というのが存在するというのだ。目は心の窓というけれど、澄み渡った美しい瞳《ひとみ》を持った連続殺人犯だっているという話だった。だからよくよく用心してかからなければならない。ことに女は、男の外見などに惑わされることなく、相手の本質を見抜けるようにならなければ、人生そのものを台無しにされる——確か、そんな話だったと思う。一時はあんなに好きだったホストの顔を思い浮かべ、その上、後で感想文まで書かされたから、よく覚えている。

「とにかく、私たち、もう少し用心した方がいいんじゃないのかな」

「せっかく、イイ感じになってきたのに？」

「だって、何かあったらどうするの」

大体、よくよく考えてみると、どこか変だという気もしなくもないのだ。貧乏だと言っている割りには、芭子たちと食事したって、いつもご馳走《ちそう》してくれるばっかりで、こっちにびた一文払わせないし、一見ラフな格好のようでも、実はワイシャツだけは、いつも真っ白の、しかもパリッと糊《のり》がきいてるものを着ている。いくら綺麗《きれい》好きで家事好きの男性だって、あのワイシャツは、間違いなくクリーニングに出しているものだという気がするのだ。

ぽっちが突然「あやさんってば」と繰り返し始めた。綾香はますますつまらなそうな顔になって、こたつの上に頬杖《ほおづえ》をつき、ふうう、と鼻から大きく息を吐き出した。

「それにしたって、急に素っ気なくなんか出来ると思う？　ここまで仲良くなっておきながら。かえって向こうに疑われない？　もしも何かやらかしてる男だったら、それもやばいよ」

「そうかなあ」

「それも怖くない？　だから、せめて私が今度どこかで高木から何か聞き出せるまでは、出来るだけ、さり気なく――」

ほうじ茶を何度も注ぎ足しながら、二人でぶつぶつと喋《しゃべ》っているとき、ふいに綾香の携帯電話が鳴った。飛び上がるようにして待ち受け画面を覗《のぞ》き込んだ綾香が、一瞬のうちに「彼だ」と緊張した表情になった。

「――出たら」

「――何て言うのよ」

「べつに、普通でいいから。上手にやらなきゃ。早く」

「――今晩は――ああ、はいはい！　ええ？　あ、今度の水曜日ですか？　ああ、そうですねえ、ええ――え？」

綾香がこちらを窺《うかが》う。芭子は大げさなくらいに顔をしかめて首を左右に振って見せた。また夕食の誘いに違いない。相手の素性が分からない以上は、何としてでも断るより他ない。

「へえ、そんなお店があるんですか。じゃあ、芭子ちゃんと相談して――そうですね。今ちょっと、彼女の都合は分からないんで――ええ、何かね、その――ペットの服のことで、ちょっと用事が入るかも、なんて言ってたような気もするんですよ」

ふいに、ぽっちが「あやさんってば」と鳴いた。芭子は大慌《おおあわ》てでぽっちに向かって「シイッ」と指を立てて見せた。相手に聞こえたのではないだろうか。

「え？　ええ――はい。じゃあ、今度また、芭子ちゃんに連絡してみます。ええ、明日にでも。はい。はぁい。おやすみなさぁい」

電話を切るなり、綾香はぽっちの方に向かって「こりゃ！」と声を上げた。

「何もこんな時に、私の名前を呼ぶことないでしょうが。向こうに聞こえちゃったかもよ」

綾香は丸い肩をがっくりと落として、急に疲れた顔になっている。

「何か、気分よくないなあ。こういう嘘《うそ》のつきかたってさ——もしもこっちの誤解だったら、かなり失礼っていうかさあ、申し訳ないじゃない」

「ねえ、ちょっと考えてみたんだけど。もしも笠間さんが本当に凶悪犯なんだとしたら、いくら高木が能天気だって、相手がここにいるって分かった段階で、すぐに何か、手を打つはずよね」

芭子が口を開くと、綾香の表情がわずかに変わった。

「そりゃ、そうだわ——するとサツは、彼を泳がせてるっていうことかな」

「どういう理由で泳がせるかっていうと」

「たとえば、やばい取引をする現場を押さえようとしてるとか」

「ヤバイって——覚せい剤とか、偽札《にせさつ》とかっていうこと？」

「武器とかね——あっ！」

自分で声を上げておきながら、自分でその声にびっくりしたような顔になって、綾香はあたかも周りに誰かがいるかのように辺りを見回し、それから「ひょっとして」と芭子の方に身を乗り出してきた。

「大学の先生っていうのは、世を忍ぶ仮の姿でさ、実は彼、北朝鮮のスパイだったりとか」

「ええっ！」

思わずこちらも声を上げてしまった。ぞくぞくとした感覚が身体《からだ》を駆け上がる。芭子の頭の中では一瞬のうちに、「拉致《らち》」「金正日」「核実験」などといった言葉が駆けめぐり、夜ごとヘッドフォンなどを装着して、母国と連絡を取ろうとする笠間の姿が思い浮かんだ。

「ほら、『あそこ』でも聞いたことあったじゃないよ。向こうのスパイで、日本人の、それも商社マンか何かになりすまして、こっちで普通に家庭まで作ってた男の話」

「――聞いた、聞いた。誰だっけ――あの、窃盗《せっとう》の常習で入ってた人が言ってたね。アパートの隣に住んでる人が、それだったって」

あのときはまったくの人ごととしてしか聞いていなかったが、実際に自分の身近でもあることなのかも知れないと、初めて思った。

「私たち、下手すると、どっちかが拉致されるところだったのかも」

本気で恐ろしくなってきた。鳥肌の立った腕をさすりながら、芭子は綾香と顔を見合わせた。確かに、笠間の常に穏やかでありながら、どこかカジュアルになりきれていない生真面目な服装や雰囲気、あの親切さを思い返すと、なるほど嘘くさい感じもしてきた。それにさり気ない会話の中で、芭子も綾香も、自分たちには親戚《しんせき》らしい親戚もいないなどという話もしてしまっている。つまり、人知れず拉致するにはぴったりではないか。

「やだもう、綾さんってば。何が私にお似合いなのよ」

とにかく、相手の素性が分からない以上は、もう今より関わり合いを持つのは危険だと、その晩、二人で結論を出した。そして結局、次の水曜日も、芭子たちは適当に嘘をついて、笠間の誘いを断ってしまった。綾香は早朝、アパートを出て店に向かう方向を、これまでとは逆にしたと言った。どうせ路地の入り組んでいる界隈《かいわい》で、どちらから抜けようと、かかる時間に大差はない。二人の間で、笠間の話題が出ることがなくなっていった。

沖縄が梅雨入りしたというニュースが流れ、晴れた日にはまさしく初夏の陽射《ひざ》しが溢《あふ》れる頃になった。ワンちゃん用の夏服を求める声が増えてきて、芭子は毎晩アルバイトから帰っても、ミシンに向かうことになった。エアコンを使用する季節になると、ことに小型犬は風邪をひきやすいし、自分のペットにずっと服を着せている飼い主は、何も着ない状態の方が不自然に見えてくるものらしい。薄手で伸縮性のある素材のタンクトップや、キャミソール、女の子用のフリルのスカート、爽《さわ》やかな色合いのヨットパーカー、それにノミ取り首輪をカモフラージュ出来るバンダナなどが順調に売れていく。

やりたい仕事もアルバイトも見つからなくて、毎日のように家でぼんやりと過ごしていた日々が、今となっては遠い夢のようだった。常に季節感を取り入れながら新しいデザインを考え、暇さえあれば素材の研究などもしているうちに、一週間など飛ぶように過ぎてしまう。ぽっちは、最近は一日に一時間程度は鳥かごから出て、芭子の肩や頭の上などにものり、そこを起点として家中のあちこちを探検するようになってきた。油断して外へ逃がしてしまっては取り返しのつかないことになるから、もう少ししたら羽根を切ることも考えなければいけないだろうかとも思っている。

「大丈夫。痛くないように、上手な人にやってもらうからね」

仕事の合間を縫って、ぽっち用のキルティングのマットを何種類か作ってみた。明るいブルーのぽっちが可愛《かわい》く見えるように、鮮やかなレモンイエローやピンクと白のチェックの布などで縫い上げたマットの上に、ちょっとした木製のおもちゃなどを置いてやると、ぽっちは機嫌よさそうに、そこで一人で遊んでいたりする。その姿は、まるで見飽きるということがなかった。

「旦那《だんな》さんがオーブンをくださるっていうんだけど、芭子ちゃんちに置かせてもらえない？」

六月に入った月曜日のことだった。梅雨入りにはまだ早いが、昨日から何となくぐずぐずとした天気が続いている。朝から明かりを点《つ》けたままでミシン掛けをしていたら、昼近くになって綾香から電話があった。

「オーブンっていってもね、古い家庭用のヤツなんだ。ガス台の上に置いて使うようなタイプなんだけど」

「そんなの、何にするの」

「何って、オーブンがあれば色んな料理も出来るし、私、自分でパン焼きたいわけ。オリジナルっていうか、そういうのも開発してみたいしさ」

ついては自転車で店まで来て欲しいと言われて、芭子は二つ返事で引き受けた。実は、綾香の自転車は今年に入って間もない頃に盗まれていた。芭子も以前、自転車を盗まれたことがあったが、じきに出てきた。だから綾香も、まだ諦《あきら》めるわけにはいかないと、新しい自転車を買わずにいる。かれこれ半年近くにもなるのだから、そろそろ諦めてもいい頃だと思うのだが、なければないで徒歩で済ませるからと、綾香はまだ新しい自転車を買おうとしていない。

「私、三時過ぎには上がれると思うから」

「じゃあ、その頃、自転車で行くね」

綾香が住んでいる小さなアパートでは、半間の幅に小さな流しとコンロが一つあるだけで、とてもではないがオーブンなど置くことも出来ないのだろう。そんなことでよかったら、いくらでも協力したい。綾香の夢が一歩ずつ現実に近づいていく感じが、何とも言えずに嬉《うれ》しい。

「ぽっち、すごいよ。綾さんがね、ここでパンを焼いてくれるんだって。焼きたてのパンが食べられちゃうなあ。パン」

「パン！」

「あら――ぽっち。すごいじゃない！」

これまで意識して聞かせたことがあるとも思わないのに、ぽっちがいきなり「パン」と喋った。芭子は嬉しくなって鳥かごからぽっちを出してやり、その頰の辺りを何度も撫《な》でてやった。こうするとぽっちは、うっとりと目を細めて、いかにも嬉しそうな表情になるのだ。こんな小さな鳥にでも感情があって、色々な思いがあるらしいことを、最近の芭子はいつも感じている。

約束の時間に、芭子は自転車にまたがって綾香の店に向かった。いつもの習慣で、何も考えずに綾香のアパートに向かう路地を進んでいたら、途中でぎょっとなった。

制服の警察官が角に立っていたからだ。その向こうには、黄色いテープを巡らされた建物が見えた。建物の前にはスーツ姿の男たちが何人も見える。紺色のつなぎのような制服を着た人たちが行き来して、どう見ても何か起きたのに違いなかった。

「この先に用事ですか」

角に立っていた制服の警察官が無表情のまま、声をかけてきた。芭子は慌てて首を横に振り、自転車の方向を変えることにした。何が起きたのか尋ねようにも、たった今こういう騒ぎが起きたところなのか、他に野次馬らしい人の姿も見あたらない。それにしても、綾香のアパートのすぐ傍で、と、最後にもう一度、路地の先を眺めて、芭子は我が目を疑った。

——笠間さん？

にわかには信じがたかった。わざとらしいと思いながら、芭子はもう一度Uターンをするように自転車の向きを変えた。五、六人の男たちが何か話し合っている。その中程で、しきりに建物の方を指さしたりしている白いワイシャツの男は、間違いなくあの笠間だった。

6

次の木曜日、綾香は午前中から芭子の家にやってきて、せっせとパンを焼き始めた。二人で簡単に昼食をとり、その後、芭子は二階で針仕事をしていると、やがて階下から何とも言えない香ばしい香りが立ちのぼってきた。それと共に、ぽっちの鳴き声も聞こえてくる。何だかこの家が、いきなりモダンな洋風の建物にでも変身したような気分になって、芭子は思わず少しの間、仕事の手を休めた。そうしてぼんやりしていると、どういうわけだか昔の自宅が蘇《よみがえ》った。芭子が逮捕される前日まで、両親と、弟と共に暮らした家だ。

玄関ホールのステンドグラス。天井から下がっていたクリスタルの照明。素足で歩くときのカーペットの感触や、庭に面したダイニングルーム。天井から床までの大きな窓にかかったカーテンや、そのカーテン越しに見えていた庭、ピアノの上に置いてあった、母の手作りのアートフラワーまで、まるで溢れ出すように鮮やかに蘇る。

――忘れたつもりだったのに。すっかり。

そういえば、母もパンを焼くことがあった。だから、この香りで思い出したのだ。

小学生の頃、学校から帰ってこの香りが家に満ちていたときには、嬉しかった。ああいうときの母は、優しく笑っていたようにも思う——今にして思えば、本当に恵まれた環境だった。だが、もはや縁の切れた世界だ。現在もあの家に暮らしているに違いない一家には、「芭子」などという娘は最初からいなかったことになっている。そしておそらく、新しく家族として加わった人たちと、軽やかな笑い声を響かせて暮らしていることだろう。

「ねえ、晩ご飯どうする？ いくら何でもパンばっかりって、イヤでしょう」

ついぼんやりしていると、いつの間にか綾香が雪見障子の脇《わき》に立っていた。週に一度の休日だというのに、朝から張り切って働きすぎたのだろう、いつになく疲れた顔をしている。

「そうねえ——せっかく焼きたてのパンが一杯あるんだから、チーズとか、安いワインとか、買ってみようか」

少し考えて、提案してみた。「もったいない」と首を振られるかと思ったのに、綾香は意外にも「いいね」と言った。

「あと、ハムかソーセージみたいなものもあるといいな。私のパンが、どんな味に合うのかも試してみたいしさ」

「じゃあ、コシヅカハムで買おうか」

そうと決まれば話は早かった。芭子は切りのいいところでミシンの前から離れ、カーペットのゴミなどを取るころころクリーナーでジーパンなどについた糸くずを取り除いて、財布だけを持って綾香と共に家を出た。

「何か、いい匂《にお》いじゃないスか」

玄関を開けた途端、そこに制服の警察官がいた。芭子は髪の毛が逆立つほど驚いて、高木巡査と向かい合ってしまった。

「あそこの角まで来たら、何か、すげえいい匂いがしてるんで、どこのお宅だろうと思ってきてみたら、芭子さん家《ち》でした」

どう返事をしたものかと思ってる間に、背後にいた綾香がバタバタと家の中に戻っていき、それから、すぐに戻ってきた。手には、新聞の折り込み広告に包んだパンを持っている。

「私が焼いたんです。まだ熱いんでね、ビニールに入れると、よくないんで」

まるで畑の野菜でも包んであるかのような包みを差し出す。すると高木は目をまん丸にして「いいんスか」と言った。そして、包みを受け取るなり、もうそこで開き始めた。

「すげえ、焼きたてなんだ。一個、いいスかね」

やれやれ、せっかく振る舞うのなら、ご近所の人たちの方がよかったのにと思いながら芭子が眺めていると、高木巡査は綾香が焼いたパンを大きな口で頬張るなり、「やべえっ」と声を上げた。芭子は思わず綾香と顔を見合わせて笑ってしまった。さっきはあんなに疲れた顔に見えたのに、綾香はこの上もなく嬉しそうな顔をしている。

「本当ですか？　やばい？」

「やばいっすよ。まじ、激やばっす」

どちらかというと芭子の年齢に近いはずなのに、まったく、高木という巡査は、「パピーカタヤマ」のあみちゃんと同じレベルではないかと呆《あき》れそうになったとき、ふと思い出した。

「そういえば、高木さん、前に私と一緒に歩いてた人のこと、覚えてます？」

高木が口元をもぐもぐさせながら「え」と言った。

「ほら、前に一度――」

「ああ、笠間さんのことですか」

再び綾香と視線を交わす。

「あの人、もういなくなりましたよ、この町に」

「それは、どういう――」

一つ目のパンを食べ終えた後、少し考える顔をしていた警察官は、ちらりと芭子を見て、それから綾香の方を見て、二つ目のパンまで口に運び始めた。

「まあ、もう今になったら話してもいいと思うけど、あの人ねえ、実はウチの、本庁の人なんスよね」

「本庁って――あの、警察の人だったんですか。刑事さん？」

「刑事っていうか――ちょっと違う畑なんだけど、まあ似たようなもんでね――芭子さんたちには、何て言ってました？」

「ええと、何だったかしら」

綾香がわざと誤魔化した。

「何か、適当なこと言ってたんじゃないスか。売れない小説家だとか、学者だとか。一日中、家にいるのに、怪しまれないような」

見ているだけで気分がよくなるような食べっぷりだ。ぱく、ぱく、とパンにかぶりつきながら、高木は、笠間は内偵捜査のために、しばらくの間この町で暮らしていたのだと言った。

「何のために？」

「詳しいことは、俺も聞いてないです。あの連中は秘密主義だからな。頼んだって、俺らなんかには教えてくれなかったとは思うんスけど、要するに、自分たちが追いかけてる誰かが、いたわけっスよ、あのアパートの前の家にね」

ちょっとしたことで内偵がバレたりしたら、それまでの捜査はすべて水の泡になる。だから高木たちは、いつどこで彼とすれ違ったりしても、絶対に怪しんで職質をかけたり、ましてや挨拶《あいさつ》などしてはならないと、上からきつく命じられたのだという。そんな本庁の捜査員が、まさか芭子たちと親しくなっているとは思いもよらなかったと、高木は二つ目のパンを頬張りながら目を細めた。

「あん時は、もう、まじでビビりましたよね。それに、もしも、もしもっスよ、芭子さんが、ああいうタイプが好みだったとしてもっスねえ。連中は、捜査が終われば、ふいっと風みたいに消えちゃう人たちっスからね。もともと自分たちの素性だって、ハッキリしたことなんか言えるわけがないんだから、何かしら嘘ついてるわけだし。だからね、俺としては、最初っから関わらない方がいいと思ったわけっス」

今度ばかりはこの軽い警察官に礼を言うべきなのだろうと思った。芭子は、横目で綾香を睨《にら》む真似《まね》をしながら、「なるほどね」と頷《うなず》いた。

「警察の方だったんですか。それは、まるで知らなかったわ、ねえ？」

わざと綾香を見ながら言ってやる。綾香は「にひひひ」と肩をすくめて笑ったかと思うと、若い警察官に「パン、もう少しどうです？」と身を乗り出した。

「よかったら、まだありますけど」

「まじっスか。交番の先輩の分も、少しもらってったりして、かまいませんかね」

はいはい、と頷いて、綾香は丸い身体《からだ》を弾ませるようにして、また家の中に入っていった。

「いいなあ、芭子さん。いつもこんなもん、食べさせてもらえるんですか。いい友だち、持ってますよねえ」

制服のズボンで、ぱんぱんと手を払いながら満足そうな顔をしている高木巡査に、芭子は「ええ」と笑って見せるしかなかった。それにしても笠間という男は、芭子たちのことを果たしてどこまで知り、どう思って呑《の》み屋などにつき合っていたのだろうかと、改めて思う。この高木のように、最初から制服でいてくれた方が、こちらとしては、まだ気が楽というものだ。それならば近づくこともしなかったのに。

「俺も今日は、ラッキーだったなあ」

やれやれ、天敵のように思っているのに、どうしてこんな人たちとばかり縁が出来てしまうのかと内心でため息をついている間に、家の奥から「おまちどおさま！」という声が聞こえて、綾香が飛び出してきた。今日の夕食は盛り上がりそうだ。飲み慣れないワインで、あまり酔わないようにしなければと思いながら、芭子は、満面の笑みを浮かべて天敵にパンを差し出している綾香を眺めていた。

コスモスのゆくえ

1

今年はキンモクセイが香るのが、いつもの年よりも遅かった。ふいに漂ってきた甘い香りに、思わず自転車をこぐペダルを止めて辺りを見回すと、細い路地の片隅に建つ家と家との、庭とも呼べないほどわずかな隙間《すきま》に植えられた木に、輝くばかりの鮮やかな山吹色をした小さな花が鈴のように咲いている。小森谷《こもりや》芭子《はこ》は改めてその香りを胸一杯に吸い込み、深々とため息をついた。その時になって初めて、例年に比べてずい分と開花が遅いことに気がついた。

――もう十月なのに。

芭子の記憶では、東京近郊のキンモクセイは、いつも九月の下旬頃には香り始めるはずだ。それなのに、どうして今年はその時期になっても花が咲かないことに気づかなかったのだろう。早春のジンチョウゲ、梅雨時のクチナシと並んで、いつも楽しみにしている香りなのに。この香りに触れてようやく残暑の衰えを感じ、秋が来たことを全身で受け止められる。キンモクセイの香りがなければ、いつまでたってもだらだらと夏の気分のままで過ごしかねないとさえ思ってきたはずだ。

——そういうことか。

少し考えて、思い当たった。要するに、忙しかったのだ。そういえば夏の始まりだって、いつの間にか蚊取り線香を焚《た》く季節になっていたことも、手足を喰われるようになってから気づいたくらいのものだった。それくらい、今年は梅雨明け前の頃から、やたらと慌《あわ》ただしかった。

再び自転車を漕《こ》ぎ出しながら、芭子はつい小さく笑いそうになってしまった。まさか、この自分が「忙しい」などという言葉を使うことになろうとは。あの綾香《あやか》に、「ほどほどにしておきなさい」などと心配されるくらいになるなんて、この春までは考えたことすらなかった。

「こんにちは」

緩やかな傾斜を下り始めて、自転車がスピードに乗った矢先、向こうから歩いてきた女の人が、ふいに声を出した。え、と思ったときには、もうすれ違ってしまっていた。申し訳ないことをしたかと一瞬、思ったが、すぐに考え直す。芭子が声をかけられたのかどうかなんて、分からないではないか。大体、この辺りで顔見知りに出会うとすれば、同じ路地に住む近所の人たちか、せいぜい図々《ずうずう》しい警察官くらいのものだ。他に知り合いなどほとんどいないし、これまでだって他から声をかけられたことなど一度もない。第一、見覚えなんかない人だった。芭子と同年代くらいの人だったと思うが。

もしかすると芭子がアルバイトに通っているペットショップのお客さんだっただろうか。だが、向こうが芭子を覚えていたとしても、こちらはお客さん一人一人の顔までは覚えていない。いや、きっと芭子の後ろにいた誰かに声をかけたのだ。それなのに自分が挨拶《あいさつ》されたと勘違いして、わざわざ止まって振り返りでもしたら、恥をかくかも知れない。芭子はそのまま坂道を下り続けた。またキンモクセイが香ってくる。

——まあ、いいか。

どのみち、もうとっくに互いの距離も離れてしまっている。それよりは、甘く切ない、この優しい香りを、たっぷり味わっていたい気持ちの方が勝っていた。

「ぽっち、ただいま」

家に帰り着いて玄関を開けるなり、まず声をかける。この時間帯は茶の間から西陽が射《さ》し込んでいるから、古ぼけた板張りの廊下も、いつになく明るく見えた。その廊下を踏んで茶の間をのぞくと、窓辺に置いた鳥かごの中で「ぽっち」と名づけたセキセイインコが、クチュクチュというような声を出した。芭子は鳥かごに近づいて、改めて「ぽっち」と呼んだ。ピピ、クチュチュと返事が返ってくる。

「早かったでしょう？　納品完了。それでねえ、ぽっち。この前の分、あれ全部、売れたんだって。どう？　すごいでしょう」

肩から斜めにかけていた手縫いの布製バッグからビニールポーチを取り出し、芭子はもう一度改めて、そこに入っている現金を数えた。しめて四万五千六百円。この数日間、家にいる時間の大半を費やしてミシンを踏んだ対価だった。芭子は早速コタツに足を入れて、その現金を三つに分けることにした。まず、一万五千円は原価の分。次回の仕入れも、この範囲内で抑える。そして二万円は生活費に回して、残る一万六百円が今回の芭子自身へのボーナスだ。柱時計を見上げながら少し考えて、携帯電話を取り出す。三時半を回ったところだった。綾香もそろそろ仕事から上がる頃だろう。

「こんな時間に、なあに。仕事中なんじゃないの？」

数回のコール音の後で聞こえてきた声は、まず最初にそう言った。芭子は小さく笑いながら「違うってば」と応《こた》えた。

「今日、何曜日だと思ってるの」

「決まってんじゃないのよ。明日が木曜なんだから——ああ、そうか！　芭子ちゃん、水曜日も家で仕事してるんだったよね」

「今さっき、白山《はくさん》のお店に納品に行ってきたところ。それでね、今夜なんだけど、『おりょう』に行かない？　私、おごるから。この前納品した分がね、全部売れたんだって」

「へえっ、そりゃ、よかったじゃない」

「だから」

「だけどさあ――私、先週も奢《おご》ってもらったんだよ。芭子ちゃんの仕事が繁盛《はんじょう》するのは嬉《うれ》しいけど、それとこれとは別問題だよ」

携帯電話を通して聞こえる江口《えぐち》綾香の声に彼女らしくもなく、逡巡《しゅんじゅん》とも遠慮ともつかない色が加わった。

「そんなに毎週毎週じゃあ、いくら私が図々しくたって――」

「いいじゃない。私が行きたいんだもん」

「そんなこと言ったって――」

「じゃあ、こうしよう。一食分は一食分と考えて、明日の夕ご飯は、綾さんに任せる。これなら、どう？」

木曜日は綾香の勤める製パン店の定休日だった。普段は暗いうちから起き出して働いている綾香と芭子とでは生活のリズムがずれている。それだけに二人でのんびりすることは難しいのだが、その分、休みの前日である水曜の夕食と木曜日の夕食を、二人でとることにしていた。一緒に食事をとる方が楽しいし、何よりも経済的だからだ。ことに木曜日は、翌朝から再び早起きしなければならない綾香のために、夕食の時間そのものも早めにして、外食も避けるのが習慣になっている。一日も早く一人前の製パン職人になる日を目指している綾香が、練習もかねて芭子の家でパンを焼くこともあったし、勤めている店から余り物をもらってきていることも、さらに、ご近所からの頂き物で一品増えることもあった。それらに加えて、近くのよみせ通りや谷中《やなか》ぎんざなどで安い惣菜《そうざい》でも買ってくれば、もう十分だ。ビールもどきの分を入れても、二人分合わせて千円いくかいかないかといった予算で済むのが普通だった。

「分かった。じゃあ、明日は私がばっちり、受け持つからさ」

「決まり。そうしたら、五時にいつもの場所でいい？」

「オッケー、オッケー！　じゃ、後でね！」

話が決まれば綾香の声は普段の快活さを取り戻して、天真爛漫《てんしんらんまん》なほど溌剌《はつらつ》として聞こえた。携帯電話をしまいながら、芭子は再び「ぽっち」と話しかけた。

「よかった。綾さん、行くって。それくらいの息抜きしたって、罰《ばち》なんか当たらないよねえ。今週も、二人とも頑張ったもん」

当初は内職に毛が生えた程度のつもりで作り始めた犬用の服の注文が、夏前から急に増えた。それまでは、もともとアルバイト先のペットショップに置いてもらい、細々と売らせてもらっていただけだったのが、ある日、白山にあるペット用品店が、芭子の作った商品を扱いたいと言ってきたのだ。その時は、バイト先の「パピーカタヤマ」に申し訳ないからと断るつもりだったのだが、実はカタヤマの社長が、芭子の作る製品を紹介したのだと分かって気持ちが揺れた。

「そんないい話を断るなんて、大馬鹿《おおばか》なんてもんじゃないわよ。いい、芭子ちゃん。おやりよ。やんなさい。絶対！」

そんなときに誰よりも背中を押してくれたのは、やはり綾香だ。以前から、芭子も何かしらの目標を見つけて経済的に自立すべきだとか、一人で生きていかれるだけの力を蓄えるべきだと、耳にたこが出来るくらいに言い続けてきた彼女は、「チャンスじゃない！」と目を輝かせた。

「あんた、これで頑張ればさあ、そのうち自分でブティックを開けるかも知れないじゃないのよ」

「また、大げさなんだから。今みたいなブームなんて、いつまで続くか分からないんだし」

「そんなことを今から心配しないの。とにかく、せっかくなんだから、流れに乗ってみなきゃ。やんなさいよ、ねえ！」

少しの間、「でも」とか「だって」と繰り返してはいたものの、実は芭子自身、わずかな光が見えてきたような気持ちになったことは確かだ。これで未来が開けてくるかも知れない。少しでも自信をつけられるかも知れないと思うと、嬉しかった。そうして芭子の服作りの毎日が始まった。とはいえ、注文が安定するかどうかまでは、まだ分からない。だからアルバイトを完全にやめる勇気もなかった。とりあえずは、これまで週に五日だった出勤日を四日に減らしてもらって、残りの三日間は、ひたすら布地を切ったりミシンに向かったりし続けているうちに、夏が過ぎ、秋になったというわけだ。

「ねえ、ぽっち。やっぱり、ぽっちが幸せの青い鳥なのかもね。そんな気がしない？　自分で分かってる？」

鳥かごを開けて、そっと指先を近づけると、ぽっちはよちよちと止まり木を移動してきて、ちょん、と芭子の指にとまった。その手を自分の目の高さまで上げて、もう片方の手でぽっちの頬を撫《な》でてやる。ぽっちは目を細め、うっとりした表情になった。

オパーリンというブルー系のインコは、胸から尾羽にかけて、本当に鮮やかなブルーをしている。自分が小鳥好きだと思ったことなど、かつて一度としてなかったが、この見事に鮮やかなブルーは、見ていて飽きるということがなかった。

既に羽根も切ってあるから、こうしてかごから出しても、ぽっちは遠くへ飛び去る心配がない。コタツの天板に乗せてやり、目の前に大好きな鏡を置いてやると、ぽっちは小さくさえずりながら懸命に鏡を覗《のぞ》き込み、あるいは鏡を突いたり、鏡のうらに回り込んだりして遊び始めた。一日に一度は、こうしてかごから出してやり、無邪気に遊ぶぽっちを眺める。それが、この頃の芭子にとってはもっとも憩《いこ》える時間だ。

「綾さんだって、本当に頑張ってると思うでしょう？　普通に暮らしてる人たちに比べたって、私たち、かなり真面目《まじめ》にやってると思うんだ。ねえ？」

一人前のパン職人になるためには、早くても六、七年、普通に考えて十年はかかるのだそうだ。しかも、小麦粉やバター、油などといった重たいものを扱う。いくら平気な顔をしていたって、さほど大柄というわけでもなく、しかも既に四十歳を過ぎている綾香が、そんな仕事を続けるのは、そう容易なことではないはずだった。

その上、店を出すための資金を貯《た》めなければならないから、綾香は一切の贅沢《ぜいたく》をせず、文字通り爪《つめ》に火をともすような切り詰めた生活を送っている。だからこそ、芭子は芭子なりの方法で、そんな綾香を応援したいし、自分に出来る範囲での後押しだってしたいと思っている。そんな風に考えられるようになったのだ。やっと。最近。それまでは、何をするにしても、いつも綾香を頼る一方だったのに。

「それにしてもさあ、芭子ちゃん。あんた、大したもんだよねえ」

約束の時間に、へび道と三崎坂《さんさきざか》が交差するあたりで落ち合い、二人で坂道を上り始めると、すぐに綾香が話し始めた。

「頑張った甲斐《かい》があったじゃない。あれ、全部売れたんだ」

「嘘《うそ》みたいでしょう」

「嘘なもんですか。私の目から見たって、芭子ちゃんの作る服はセンスがいいし、何たって、仕事が丁寧だもん。仕上がりも綺麗《きれい》だし、きっちりしてて間違いがないんだよね。さすが、あんだけ毎日――」

「ちょっと綾さん。それ以上は、言わないのよ」

歩きながら隣を睨《にら》む真似《まね》をする。綾香は「分かってるってば」と小鼻を膨らませた。

「だけどさあ、そう思わない？　ある意味、あそこのお蔭《かげ》だって。とりあえず、手に職をつけてもらったんだし、何せ、きっちりした仕事が出来るように、徹底的に叩《たた》き込まれたんだから」

「――だからって、何もそのために入ったわけでも、ないし――」

芭子が言い終わるか終わらないうちに、綾香が「あっ、あっ！」と声を上げた。そして、いかにも嬉しそうに「にひひひひ」と歯をむき出して笑っている。

「芭子ちゃんの方が、言った！『入った』なんて、言っちゃった。あーらら、こら、知ぃらないよ」

芭子は慌てて周囲を見回した上で「何よ」と膨《ふく》れっ面《つら》になって見せた。

「『入った』っていうだけで、分かるもんですか」

だが綾香は、まるで鬼の首でも取ったかのように、「やーい、やーい」と人を指さして笑っている。いつも、ちょっとしたことで口を滑らせる綾香を、たしなめる側の芭子が失敗したものだから、嬉しくてしようがないのだ。芭子は仕方なく、自分も曖《あい》昧《まい》に笑って見せた。

「気をつけます。はいはい」

綾香は満足げに頷《うなず》いた上で、「まあ、いいってことよ」と言った。

「多少なりとも余裕が出てきたってことだよね、要するに」

芭子よりも小柄な綾香は、丸い顔をわずかに傾けて、一人で納得したように呟《つぶや》いた。

だが芭子は冗談ではないというように首を振って見せた。

「油断大敵っていうでしょう？　こういう気の緩みがまずいんだわ。気をつけなくっちゃ」

綾香は「そんな」と大きく唇を突き出して、いかにもつまらなそうな顔になる。

「そうそう、いつも緊張なんかしてられないってば」

「緊張なんかしてないじゃない、綾さん」

「あら、失礼しちゃう。これでも、私だってそれなりに緊張感は保ってるんだよ」

「ええ、本当かなあ」

「決まってんじゃないよ」

季節を問わず、ほとんど一年中ジーパンにTシャツかトレーナー姿の綾香だが、さすがにこのところは秋が深まってきたせいで、ブルゾンを羽織るようになった。それにリュックを背負っているのが定番スタイルだ。化粧気もほとんどないし、仕事柄、髪を伸ばす気にもなれないという彼女は、ひと頃はパーマに凝ったが、今は肩にも触れないくらいに短かくカットしている。芭子の目からは、綾香のその頭部が見えた。

「綾さん」

「なあに」

「そろそろ染めた方がいいみたい。髪」

「あ、そう？　目立ってきた？」

知り合った当時、綾香は今よりもよほど老《ふ》け込んで、疲れ果てて見えたものだ。顔の色つやも悪かったが、髪にも原因があったと思う。まだ三十代の半ばだったはずなのに、当時の綾香は、既に髪の半分ほどが白くなっていた。今も見えている髪の分け目の、新たに伸びた部分は、やはりずい分と白いものの割合が多い。こういうとき、いくら実年齢以上に若々しく見えていても、実際には重たい過去を背負っている、それが綾香の現実だと思い知らされる気がして、芭子は何となく胸の奥がざわめくのを感じてしまう。

「本当に面倒だわよねえ。必ず根本から顔を出すんだもんなあ」

「しょうがないよ。綾さんは、他にお洒落《しゃれ》もしてないんだもん。それくらいは、まめに綺麗にしてた方がいいって」

「だわね。ババア臭く見られちゃ、いい男も寄ってきやしないもんな。よし、明日、染めるとするか」

それにしても不思議な縁だった。初めて出会った当時は、こんなつきあいが続くなどとは夢にも思わなかった。大体「あそこ《ムショ》」で知り合った人間とは、出所後は決して連絡などを取り合わないようにと厳しく指導も受けていた。「あそこ」での縁など、今の二人を見て「ムショ仲間」だなどと思う人は、まずいないはずだった。世でただ一人こころを開き、隠し事をせず、寄り添っていられる相手になっている。所詮《しょせん》は腐れ縁に決まっているのだからと。それなのに今、綾香は芭子にとって、この

2

店に足を踏み入れるなり、「いらっしゃいませ」と笑顔を向けたエプロン姿の女性を見て、芭子は思わず「あ」と声を出してしまった。ついさっき、納品の帰りにすれ違った、あの人ではないか。彼女の方でも「あら」と目を細めている。

「あ、そうだわ、ここの方だったんですよね」

開店直後だから、まだ他に客はいなかった。向かい合って立ったまま、芭子は思わずしげしげと相手を見つめてしまった。確かに、彼女に間違いない。

「なに、どうしたの」

綾香が興味津々《しんしん》といった様子で芭子たちの顔を見比べている。三つしかないテーブルの、いつもの席についてから、さっきの出来事を説明している間に、おしぼりを持ってきてくれた女性は、「気にしないでくださいね」と笑顔を向けた。

「お店では、いつも三角巾《さんかくきん》してますしね。普段着だと、すぐに分からなくても不思議はないと思います」

土佐料理という看板を出している「おりょう」とは、三崎坂を上野桜木の方に上り、途中の路地を入った辺りにある。以前、そうとは知らずに少しの間、親しくなった警察官の男とも来たことのある、芭子たちが唯一《ゆいいつ》、行きつけにしている居酒屋だ。もともとは四十前後に見える男性が二人で切り盛りしていたのだが、店が繁盛《はんじょう》してきたせいか、それとも女手が必要になったためか、少し前から「パート募集」の貼《は》り紙がされるようになり、最近になってこの女性が働き始めた。

「そうか。さっき会ったんだ。ええと、千駄木のあっちの方っていったら、お稲荷《いなり》さんとか、ある方ですよね。何とかいう」

熱いおしぼりで手を拭きながら、綾香が納得したように頷くと、彼女は「満足稲荷ですね」と、またほんのりした笑みを浮かべる。その笑顔を眺めながら、芭子は、へえ、と思っていた。改めて見るとなかなかの美人だ。決して派手な顔立ちではないものの、鼻筋は通っているし、目尻《めじり》が少し下がり気味の目元はいかにも優しげで、唇の形も整っている。それほどの化粧をしているようにも見えないのに、肌も白くて、いかにも瑞々《みずみず》しい感じがする。

「お客さん、あの辺に住んでるんですか？　私は、今日はたまたま、あっちの方へ行ったんですけど」

「あ、いえ、私もたまたま、あそこを通っただけなんです。住んでるのは、根津の駅に近い方なんですけど」

「じゃあ、今日は本当にあんたたち、偶然だったんだ。それにしても面白い名前だわよねえ、満足稲荷なんて。何に満足するんだろう」

メニューを広げながら綾香が誰にともなく言うと、頭上から「それは」という声が降ってくる。見上げると、彼女はまたほんのり笑う。やはり、綺麗な人だと思った。

「京都にも同じ名前のお稲荷さんがあるそうなんですけど、もともとは豊臣秀吉が、お稲荷さんをすごく信仰していて、その御利益《ごりやく》も多かったので、『満足、満足』と言ったからだという説があるんだそうです」

思わず「へえ」と感心した。

「詳しいんですね」

すると、彼女は少し恥ずかしげに見える笑顔を残して去っていった。芭子は、つい綾香に顔を近づけて「綺麗な人だねえ」と囁《ささや》いた。熱心にメニューを眺めていた綾香も、ちらりと彼女の行った方に目をやって「そうだね」と頷く。

「こういう店にはぴったりの感じだよね。何ていうかな、雰囲気もあるしさ」

「雰囲気? どんな?」

「だから、何て言うのかな。まあ、ひと言で表現するなら癒《いや》し系っていうかさ」

なるほど、ああいう女性を癒し系というのか。芭子は、思わず感心しながら、そういえば女子大時代にも、よく似た雰囲気の友人がいたことを思い出した。おっとりしていて、頭がいいのか悪いのか、鈍感なのか神経質なのかも分からない子だった。だが、いつも気分が安定している上に、優しげににこにこしていて人の話もよく聞いてくれたから、安心してつき合うことが出来た。今ごろは、いい母親にでもなっていることだろう。そうなるために生まれてきたような、そんな人だった。

お通しに出された鰹《かつお》の角煮に箸《はし》をつけながら、まずは生ビールで乾杯をする。ああ、今週も無事に終わった、それにしてもあっという間だったねえなどと話しているうちに、戻り鰹の塩たたきが運ばれてきた。

「やっぱり、お魚は美味《おい》しいなあ」

しょうがとニンニク、タマネギをたっぷり挟み込みながら、鰹のたたきを頬張っていると、綾香が「ねえ」とこちらを見た。

「芭子ちゃんって、昔からお魚が好きだった?」

「どうだったろう——あんまり覚えてないけど」

　そういえば、以前は魚よりも肉の方が好きだったような気もする。ことに子どもの頃は骨のある魚が苦手だった。

「もしかすると——この町に住むようになってから、かも」

「私も、そんな気がするんだよね。あそこにいた頃はさあ——」

「しいっ！」

　こちらが気をつけて言葉を選んでいるというのに、あまりにも大胆な発言に、つい鋭く制してしまってから、芭子は慌《あわ》てて周囲を見回した。カウンターの向こうにいる男性二人は、それぞれに黙々と手を動かしている。そして、例の彼女はレジの方にいるようだった。まったくもう、と呆《あき》れて綾香を睨んだが、彼女は涼しい顔のままだ。

「これくらい何ともないって。とにかくさ、あんまり貧しい食生活が続いたから、何もかもがリセットされたわけよ、ね」

　鰹の大きな切り身を口一杯に頬張りながら綾香が「にっ」と目を細めたとき、今度はくじらの竜田揚げが運ばれてきた。

「お二人、仲がいいんですね」

　例の彼女が笑顔を向けてくる。

「何だか、見ていて羨《うらや》ましくなっちゃうな」

「そうですか？」

綾香が嬉しそうな顔になる。芭子は、また変なことを口走りはしないかと内心でひやひやしながら、綾香と彼女を見比べていた。

「ご姉妹《きょうだい》とかじゃあ、ないんですものね」

「違います、違います。全然、似てないでしょう？」

ええ、と彼女が頷いたとき、カウンターの向こうから「まゆみちゃん」と声が聞こえた。はあい、と返事をしながら、彼女が踵《きびす》を返す。それが彼女の名前らしかった。

「ご近所同士とか、ですか？」

今度はフルーツトマトのサラダが運ばれてきた。新たな質問に、今度は芭子が「いえ」と首を振った。

「もともとは同じ職場だったんです。今は、近所に住んでますけど」

「ああ、そうなんですか。お仕事場の」

まゆみは、「いいですねえ」と微《かす》かに首を傾《かし》げる。

「私も会社勤めをしていたことが、ないわけじゃないんですけど、そんなに仲のいいお友だちも出来なかったし、割合すぐに結婚しちゃったから」

芭子は、綾香とほぼ同時に「えっ」と声を上げてしまった。自分よりも少し若いように見えるから、当然のことながら独身なのだと思い込んでいた。

「結婚してるの？　へえ。見えないねえ。まだ若いんだろうに」

まゆみは微かに身体《からだ》を揺らすようにしながら「若くなんか、ないんですよ」とまた微笑《ほほえ》む。

「もう来年で三十ですもん」

「若いってば。それ」

綾香が口もとに力を入れて怒ったふりをして見せた。それでも、まゆみは「全然、もうダメですってば」と笑っている。そのとき店の戸口が開いて、別の客が入ってきたから、まゆみは「いらっしゃいませ」と優しい声を出しながら、ふんわりと芭子たちの席から離れていった。その後ろ姿をちらりと眺めてから、芭子たちは互いに顔を見合わせて苦笑した。

「四十過ぎのおばさんの前で、『もうダメ』なんて言ったら、まずいってえの」

「人妻かあ、あれで」

まるっきり羨ましくないと言えば、嘘《うそ》になる。だが、自分とは無縁の話だと、もう諦《あきら》めているつもりだ。親兄弟にさえ縁を切られた前科者が、もはやまともな結婚を夢見ることなど出来るはずがない。だからこそ、自立を目指さなければならなかった。

それからは立て続けに客が入って、「おりょう」はあっという間に満席になった。

「あのね、お客さんたちが来たときって、必ずこんな風になるんですって。うちの大将が言ってましたよ」

生ビールに続いて注文した焼酎《しょうちゅう》のお湯割りを持ってきたついでに、まゆみがまた笑いかけてきた。

「そうじゃない日もあるんですか？」

芭子たちにしてみれば、「おりょう」はいつでも繁盛《はんじょう》しているから、余計に開店直後から行かなければならないという印象がある。だが、そんなわけではないのだとまゆみは笑った。

「結構、暇な日だってあるんです。七時近くまで誰も来ない日とか。でも確かに、お客さんたちが来た日は、必ずこうなるんです。見かけによらず、縁起のいいお客さんなんですね」

芭子たちは、またもや顔を見合わせて、つい笑ってしまった。見かけによらないとは失礼な言い方だが、取りあえずは「縁起がいい」と褒められたのだ。お世辞でもそんな風に言われたのは、嬉《うれ》しかった。仕事が順調だった達成感もあって、その晩、芭子は綾香と飽きることなく喋《しゃべ》り続けた。新しいデザインの構想。それぞれの職場での出来事。芭子の斜向《はすむ》かいに住む癇癪《かんしゃく》持ちのボタンじいさんの話。それから、最近見たテレビドラマに出ていた、ちょっと格好いい男性タレントのこと。程よく食べ、程よく呑《の》んで、「おりょう」を出たのは九時過ぎのことだ。まゆみが優しい笑顔で「またどうぞ」と見送ってくれた。

「悪い子じゃ、ないね」

「まあね。ちょっと口の利《き》き方を知らないっていうだけだよね」

風が少し冷たく感じられる。今日やっと、キンモクセイの香りに触れて秋の訪れを実感したと思ったら、夜にはもう、冬がこっそりと忍び寄りつつあるのかも知れなかった。

「明日は芭子ちゃん、どうする？」

一人で鼻歌を歌っていた綾香が、ふいに尋ねてきた。

「綾さんは？　私はまた日暮里《にっぽり》に行って、布とか毛糸とかを仕入れてくるだけ」

「私はさあ、まずは掃除と洗濯して、髪の毛染めて、その後だったら、芭子ちゃんの買い物につき合えるよ。ついでにちょっと足伸ばして、まだ行ったことない駅で下りて、パン屋でも探してみようか」

「いいね、それ。北千住までは行ったことあるから――」

「その向こうっていったら？」

「東武線なら――小菅《こすげ》」

つい、坂道の途中で立ち止まり、二人で顔を見合わせた。

「やめよう」

「うん。やめよう。冗談じゃない」

声を出して笑ってしまっていた。笑いながら「嫌だよ」と言っている。

「悪いけど、私、あそこには二度と行きたくないから」

小菅には拘置所がある。それだけで行きたくない理由は十分だ。実際のところは、町を歩いたこともなければ町並みも知らないが、「小菅」という響きだけで、もうダメだ。では明日は、北千住の手前の南千住に行ってみようということで話が落ち着いた。分かれ道に差しかかり、じゃあね、と手を振って家までの道を、芭子は夜空を仰ぎながらゆっくり歩いた。

少し前までは、休みとなると少しくらい遠出をしたいとか、海を見に行きたいなどと言って、その都度、綾香から「もったいない」とたしなめられていた。今だって本当は旅に出たい。少しの間でも構わないから、日常から切り離されたい思いはあった。

だが今は、そんなことよりも、とにかく次の納期までに仕事を間に合わせることの方が大切だった。

——嫌になっちゃうなあ、忙しくて。

わざとらしくため息をつきながら、実際はこうして追い立てられる気分になれていることが嬉しくてならなかった。たかが犬服といったって、芭子なりにデザインも考えているし、機能性や素材にもこだわりたいと思っている。そして、自分の仕事によってたった一人でも喜んでくれる愛犬家がいたら、こんなに幸せなことはない。もうすぐマフラーが恋しい季節になるだろう。今年こそ綺麗《きれい》な毛糸を買って、芭子自身の分と綾香の分の新しいマフラーを編もうと思う。忙しいが、それくらいの時間は捻出《ねんしゅつ》するつもりだ。

こういう日々を送るようになってみて初めて、綾香がパンの修業に精を出す本当の心持ちが分かったような気がする。綾香だって、一人でぼんやり過ごす時間が多ければ、否応《いやおう》なしに過去を振り返ってしまうに違いないのだ。芭子たち二人は、揃《そろ》って帰る家を失い、家族を失ったが、その意味合いは大きくかけ離れている。芭子だって、親兄弟の顔に泥を塗った。場合によっては社会的信用を奪ったかも知れない。だが少なくとも、その程度だった。懲役の年数は、どういうわけか芭子の方が長かったが、実際のところ、芭子が人から奪ったのは現金だけだ。生命までは——奪ってはいない。綾香が背負った十字架は、客観的に見て、おそらく芭子よりずっと大きく、重たいはずだった。

翌日、午後から綾香と一緒に日暮里の繊維街を歩き、その後は電車で南千住に行った。土地勘のないまま、その辺りをぶらぶらと歩いていたら、ふいに「あら！」という声が聞こえた。え、と思った瞬間、隣から綾香が「あれっ」と声を上げている。綾香の視線の先を追うと、そこににこにこ笑っている「おりょう」のまゆみがいた。

「また会いましたね」

「どういう偶然、これ」

「本当！　しかも、こんなところで！」

思わず三人で声を揃えて笑ってしまった。

3

それが、野川まゆみと親しくなるきっかけになった。芭子たちは何の知識もなく南千住へ行ったが、実は南千住にはかつて小塚原《こづかっぱら》刑場があったのだそうで、今は跡地が寺院となり、首切地蔵というお地蔵さんがあるのだと、まゆみに教えられた。せっかく小菅を避けたと思ったら、今度は刑場のあった場所へ来たのかと、思わずため息が出たが、そんなことはまゆみに分かるはずがない。彼女はひたすら「偶然ですね」と笑っている。

「まゆみさんは、どうして来たの？」

「写真を撮りに来たんです。首切地蔵の」

「写真を？」

「ダンナさんに頼まれて」

彼女の夫とは一体、何をしているのだろうかと思ったが、いきなり立ち入ったことも聞きづらい。その時は、ほんの数分程度の立ち話で終わった。そして、次に「おりょう」に行ったときには、今度こそ打ち解けた雰囲気になっていった。まず最初に彼女が自己紹介をしたから、自然に綾香と芭子も名乗ることになった。

「江口さんと、小森谷さん――何だか嬉しくなっちゃうな。お二人みたいな方とお近づきになれるなんて」

そういう言い方をされると、芭子はかえって申し訳ない気分にさせられて「私なんか」と首を縮めたくなる。

「ほら、今日も混んできたでしょう？　やっぱりパワーがあるんですよ、お姉さまたちに」

注文した料理や飲み物を運んでくる度に、彼女はひと言ふた言、何か話しては、またふわりと離れていく。まゆみが来たことで、店の雰囲気もずい分と変わっていた。もともと音楽など何も流れていない店だが、エプロン姿の彼女が動き回っているというだけで、何となく空気が柔らかくなり、また明るくなったと思う。

その後もほぼ毎週「おりょう」に通い、その度に少しずつ打ち解けていって、十月最後の水曜日、明日は綾香がパンを焼くから、芭子の家まで取りに来てはどうかと誘ってみることにした。まゆみはびっくりした顔で、信じられないというように芭子たちを見比べた。

「私なんかが？　いいんですか？」

「まだ半人前の見習いが焼くんだから、失敗することもあるんだけどね。感想も聞かせて欲しいし、どうせいつでも私たちだけじゃ食べきれないくらいに焼くんだもん」

「本当に？」

彼女は自分の口元に両手を持っていき、まるで祈ってでもいるかのような格好で瞳《ひとみ》を輝かせている。それから、少しだけ迷うような表情を見せた後で、「本当のこと言っちゃって、すぐ千円とか使っちゃうから」

「私、パン、大好きなんです。でも、パン屋さんに行くと、ついあれもこれもって買

うと」とはにかんだ笑みを浮かべた。

ああ、この人もつましい生活を送っているのだと、そのひと言で感じた。考えてみれば当然かも知れない。家計が大変でないのなら、家庭の主婦が居酒屋でパートなどするはずがないのだ。たとえ「おりょう」のように健全な店であったとしても、夜の仕事なのは確かだし、酒を出す店なら、酔って乱れる客がいないとも限らない。夫の立場から考えたって、普通ならば、自分の女房を夜更《よふ》けまでは働かせたくないのではないかと思う。

翌日の夕方、まゆみは小さな花束を持って、芭子の渡した地図を頼りにやってきた。古い玄関先で「お招きいただいて」などと、少し緊張した表情で微笑む彼女を見たとき、芭子は改めて「垢抜《あかぬ》けている」という言葉を思い起こした。ジーパンの上にオフホワイトのロングカーディガンを着込み、襟元《えりもと》には水色のマフラーを巻いている、ごく普通の出《い》で立《た》ちなのに、家の中がぱっと明るくなったように感じたからだ。なるほど、これが美人というものか。微笑みだけで空気を変えてしまうものなのかと感心する。花束なんか必要ないくらいだ。

「もう、路地の向こうからいい香りが漂ってきてるんですよ。それだけで、何だか私、ドキドキして来ちゃって」

茶の間に通して座布団《ざぶとん》をすすめると、彼女はいかにも嬉しそうにコタツに足を入れて、それから「へえ」と室内を見回す。

「想像してたのと、違ってた」

「そう？ どんな想像してたの？」

「小森谷さんの感じだと、洋風のお宅なのかなあって。そしたら、こんな古いっていうか——落ち着いたお家なんですね。あの、家賃とか、高くないんですか？」

「オンボロなんだけど、自宅なの」

「へえ、持ち家ってことですか！ すごい！」

芭子が苦笑しているとき、台所から綾香の声が「まゆみちゃん！」と響いた。

「先に手を洗って、うがいもしなさいよ！ 芭子ちゃんに場所、教わって。どんな近い距離でも、外を歩いて来たんだから」

「あ、はあい！」

芭子は、つい笑ってしまいながら彼女を洗面所に案内した。

「本当のお姉さんみたい」

まゆみはわずかに目を伏せて小さく呟《つぶや》いた。長いまつげが影を落とす。

「まゆみさん――ご兄弟は？」

すっと顔を上げた彼女は、もういつもの表情に戻っている。そして、弟がいると答えた。あら、私もと言いかけて、今度は芭子の方が口を噤《つぐ》む番だった。過去の話だ。今はもう、いない。そういうことになっている。

うがい薬を出してやり、彼女用のタオルを用意しながら、袖《そで》まくりをする彼女を何気なく眺めていたら、その腕に青黒い痣《あざ》が出来ているのを発見した。あら、そこ、どうしたのと言いかけて、うがいをする姿を見ると、今度は長い髪に隠れていた首筋の辺りにも、痣らしいものが見える。芭子は思わず昨晩の彼女の姿を思い返した。長い髪は一つにまとめて三角巾《さんかくきん》をしていたし、服も袖まくりをしていたと思う。だが、そんな痣には気がつかなかった。見れば絶対に覚えているはずだ。

「綾さん、あの子」

そっと台所に戻り、メープルシロップやハーブバターなどを用意していた綾香に、そっと耳打ちした。

「腕に痣が出来てる。首筋にも。昨日はそんなもの、なかったはずなのに」

「痣？」

綾香の表情も一瞬のうちに怪訝《けげん》そうなものになった。二人で顔を見合わせている間に、まゆみが戻ってきた。綾香がぱっと表情を変えた。

「さあさあ、お待たせ！　まゆみちゃん、今日も『おりょう』に行くんでしょう？　だったら、ぱっぱと始めようね」

今日、綾香が焼いたのはカンパーニュというパンと、そのバリエーションだ。ハーブのペーストを練り込んだものに、ドライフルーツとナッツを練り込んだもの、さらにチョコレートとココアを加えたものも焼き上がっていた。コタツの上に並べられたそれらのパンを見て、まゆみは「すごい！」と目を丸くした。

「これ、本当に江口さんが焼いたんですか？」

「取りあえず食べてみて」

まゆみは目をきょろきょろさせながら、手でちぎったパンを、ゆっくりと口に運び、もぐ、もぐ、と顎《あご》を動かす間も、まだ目を動かし続けている。

「どう？」

綾香が聞いても、黙々と口を動かすばかりだ。

「口に、合わない？」

「どれ、私も食べてみよう」

芭子も、まずはプレーンのカンパーニュに手を伸ばした。それを待っていたかのように、綾香も自分のパンを口に運び始めた。その時になってようやく、まゆみが「美《お》味《い》しーい！」と、ため息と一緒に声を上げた。きょろきょろさせていた目を、さらに大きく見開いて、彼女はまるで信じられないといった表情になっている。

「こんなに美味しいパン、私、生まれて初めて！」

「そうお？　焼きたてだからね」

「そんな、そんな、すごいです！　本当に美味しい！」

綾香の顔に、ようやく安心したような笑みが浮かんだ。

「うわあ、こんなパンが焼けるなんて——もう、明日にでもお店が出せますよ」

やっと狭い台所が空いたから、綾香に替わってコーヒーを淹《い》れに立っている間も、芭子の耳にはまゆみの褒め言葉と、綾香の嬉しそうな笑い声が聞こえていた。そこに時折、ぽっちのさえずりが混ざる。ああ、人の声がしている、人がいるということは、こんなにいいものなのかと、ついしみじみしてしまう。だが、やはり痣のことが引っかかっていた。まさか目の錯覚とも思えない。だが、そんなことを聞いていいものかどうかも分からなかった。

さすがにインスタントでは格好がつかないと思って用意したレギュラーコーヒーを

一口するなり、まゆみはまたもや「すごい」と、驚いた顔になった。

「お店のコーヒーみたいじゃないですか」

そんなお世辞まで言われては、綾香のパンまで必要以上に褒められたように見えてしまうと思った。だが、まゆみは心の底から感心した様子で、ふう、とため息をつき、ゆっくりとコーヒーを味わっている。

「まゆみさん、コーヒーよく飲むの？」

まゆみは、まるで大切な内緒話を打ち明けるように、わずかに口元を引き締めた。

「本当は、好きなんです、すごく。でも、ほとんど飲まないんですよね。外で、喫茶店とかにも入らないし」

「家では？」

「うちのダンナさんが、コーヒーを飲まない人だから。ほうじ茶ばっかり」

「そうなんだ。旦那《だんな》さんって、いくつ？」

コーヒーカップを両手で包み込むようにしながら、まゆみは「三十四です」と答えた。三十四歳でほうじ茶ばかりというのも、印象として少しばかり面白味がない気がする。それに、夫が何を好もうと、自分がコーヒーを飲みたいと思うのならば、勝手に飲めばいいだけの話ではないのだろうか。

「ご主人って、何をしてるの？」

「ライターなんです」

「へえ、格好いい！　じゃあ、雑誌とかに記事とか書いてるの？　どんな？」

綾香が身を乗り出した。芭子は雑誌の類《たぐい》はほとんど読まないが、綾香は特にパンの特集などが組まれているグルメ雑誌を見つけると必ず立ち読みしたり、買ったりしているようだった。まゆみは、「マイナーな雑誌なんです」と、例のほんのり見える笑みを浮かべる。

「うちのダンナさんは、歴史関係のことばっかりなんです。あと、落語ですね。落語がものすごく好きで、詳しくて、色々と勉強したり、取材してて」

「落語と歴史とほうじ茶か——かなり、渋い趣味の旦那さんなんだね」

綾香が感心したように言うと、まゆみはさらに困ったような笑顔になった。

「渋いっていうのか、何ていうのか——本人が好きでやってることだから、仕方ないんですけど」

「つまり、出版社にお勤めしてるっていうことになるの？」

今度は芭子が質問した。するとまゆみは首を左右に振って、彼女の夫は勤め人ではなく、いわゆるフリーのライターなのだと言った。原稿さえ売れれば収入になるが、

売れなければ一文にもならない。その上、たとえば食べ物とかファッション関係など
なら雑誌も豊富だし仕事も多いかも知れないが、歴史と落語に限定してしまうと、需
要そのものが格段に少ないという。

「じゃあ、結構、収入が不安定だったり？」

「不安定っていうか、ずっと低空飛行っていうか、すごいです」

「それで、まゆみさんも働いてるんだ。ひょっとして、昼間も？」

まゆみはゆっくり首を左右に振り、彼女の夫が昼前くらいに起きる生活リズムだか
ら、日中の仕事はなかなか出来ないのだと言った。さらに、夫に頼まれれば、まゆみ
がデジカメを持って写真を撮りに行ったりすることもあるという。なおさら夜の仕事
しか出来ないということだ。

「それで小塚原にも行ったんだ」

「その前の、満足稲荷も、そうなんです」

芭子と綾香は互いに頷《うなず》き合いながら「なるほどねえ」と繰り返すより他なかった。
こんなに垢抜《あかぬ》けた美人なのに、生活はあくまでつましく、ずい分と苦労しているらし
いと思うと、何となく気の毒だった。

小一時間程で、もうまゆみが仕事に行く時間になってしまった。お土産にと、パン

を何個か持たせてやると、嬉《うれ》しそうに何度も礼を言いながら、まゆみは帰って行った。

「痣なんか見えなかったよ」

さて、夕食の支度に取りかかろうと二人して台所に立つと、すぐに綾香がこちらを見た。

「そんなの、本当にあったの？」

「あったのよ。左腕の、ここんとこと、それから、首の、ここいらへんと」

綾香は、熱の冷めたオーブンの掃除に取りかかりながら、おおかた何かにぶつけたのだろうと言った。

「首の後ろなんかを？　何に？」

「それは、分からないけどさ」

この頃、綾香がパンを焼いた日は、安いワインを飲むことに決めている。祖母の遺《のこ》した古い食器棚の奥から、手吹きガラスで出来ているらしいレトロな雰囲気のワイングラスを見つけたから、それにワインを注いで、あとはよみせ通りのコシヅカハムで買ってきたソーセージにサラダでもあれば充分だった。

「私、バターロールみたいなパンより、こういうヤツの方が好き」

「私もどっちかっていったら、そうかなあ。これの先にはフランスパンがあるわけよ。

で、バゲットが上手に焼けるようになったら、かなり一人前っていうことらしいんだよね」

改めて乾杯をして、そんな話をしているうちに、まゆみの痣のことは忘れてしまった。休日にもかかわらず、早起きしてパンの仕込みをした綾香は、少しのワインにも顔を赤くして、いかにも気持ち好さそうに、やがて演歌など歌い始めた。

4

まゆみから電話が入ったのは、翌々日の深夜のことだ。例によって夜なべ仕事でミシンをかけていた芭子は、そんな時間に携帯電話が鳴ったことにまず飛び上がるほど驚き、そして、ディスプレイに浮かび上がった「野川まゆみ」の文字に、また驚いた。

「――もう、寝てましたか」

聞こえてきた声は、いつものまゆみとは別人のような低い声だった。「ううん」と答えながら、芭子は早くも胸さわぎのようなものを覚えていた。明らかに、芭子の知っているまゆみと違っている。

「どうしたの、こんな時間に。何か、あった？」

「すみません、小森谷さん――あの――これから、そっちに行ったりしちゃ、いけませんか」

「これから？」

思わず改めて時計を見る。既に午前二時近かった。こんな時間に家に来ようとするなんて、ただごとではない。一瞬、どうしたものかと迷いが生まれた。だが、困るわなどと言える雰囲気でもなさそうだ。

「迷惑だって、分かってるんです。分かってるんですけど、でも――」

「いいわ。大丈夫。歩いてくるの？　こんな時間に？」

「あ、はい――あのう、もう近くまで来てるんで」

それなら早くいらっしゃいと言って、電話を切る。根を詰めていたせいか、立ち上がろうとすると、肩から背中にかけてかなり凝っているのを感じた。階下へ降りて石油ストーブをつけ、コタツのスイッチを入れる。とっくに眠っていたに違いないぽちが、かごの中で、ピ、と小さな声を出した。

「ぽっち、これからまゆみさんが来るんだって。何だろうね」

コーヒーが好きだと言っていた彼女のために、ガスにやかんをかけているときに、もうチャイムが鳴った。本当に近くまで来ていたようだ。はあい、と言いながら玄関を開けると、冬を思わせる冷たい風が吹き込んできて、その向こうに、顔の下半分が隠れるようにマフラーを巻いたまゆみがいた。

「入って。早く。寒かったでしょう」

招き入れようとして、ぎょっとなった。靴を履いていない。ソックスのままの足で、彼女はそこに立っていた。

「ほら、早く」

マフラーの向こうから「すいません」というくぐもった声が聞こえた。前髪が乱れているのは冷たい風のせいだろうか。

「早くコタツに入って。足、冷えてるでしょう」

この際、廊下が汚れようがどうしようが、構っている場合ではなかった。言われるままに家に上がった彼女の背を押すようにしながら茶の間に座らせ、柱時計を見上げる。さすがの綾香も、この時間ではまだ起きていないだろう。三時になれば起きるだろうか。それからすぐに店に出なければならないのに、電話などしても差し支えないものだろうか。

「今、お湯を沸かしてるから。ちょっと待っててね」

目まぐるしく考えながら、取りあえず熱いコーヒーを淹れに台所に行く。何度、深呼吸しても心臓がドキドキしていた。

——靴も履いてないなんて。

一体、何があったというのだろう。怖《おそ》ろしい話を聞かなければならないのだろうか。ドリップコーヒーをカップにセットする手も震えてきそうだ。自分が慌《あわ》てる場面ではないと何度も言い聞かせて、やっとコーヒーを淹れた。

「おまちどおさま」

相変わらずマフラーを巻いたままのまゆみの前にカップを置いてやる。彼女は黙ったまま俯《うつむ》いていたが、やがて「すいません」というくぐもった声が聞こえて、のろのろとした手つきでマフラーを外し始めた。その顔を見て、芭子は思わず自分の口元を押さえそうになった。

「まゆみさん——どうしたの、その顔」

まゆみは黙って俯いたままだ。

「ねえ——大丈夫？　あの——どうして、そんなことになったの」

まるで別人のようではないか。まゆみは唇から血を滲《にじ》ませ、頬を腫《は》らし、さらに痣《あざ》まで作っていた。

「だ——誰にやられたの。まさか——ご主人とか？」

まゆみの表情は動かなかった。こっちの方が泣き出したいくらいなのに、彼女は涙一つ浮かべるわけでもなく、ただ黙ってコーヒーを見つめているばかりだ。芭子は心の中で「綾さん！」と悲鳴を上げた。とんでもないことになってる。この子、綾さんと同じ目に遭ってるよ。このままだと、とんでもないことになるかも知れない——。

「いただきます」

「あ——どうぞ」

だが、口の中も切っているのだろう。まゆみはコーヒーをすった瞬間、顔をしかめて目をつぶった。まるで痛みが遠のくのを待つような表情で、黙ってコーヒーカップを持つ彼女を、芭子は見つめていることしか出来なかった。

「病院に、行った方がよくない？」

目をつぶったまま、まゆみは首を左右に振る。

「でも、一応は——」

「大丈夫です。これくらいは、慣れてるんで」

「慣れてるの？」

背中から力が抜けていくようだ。こんなに綺麗《きれい》な人なのに、どうして夫から暴力など受けなければならないというのだろうか。彼女の夫とは、どんな男なのだろう。次から次へと疑問が湧いてくる。だが今は、とにかく彼女が身体《からだ》を暖めて、落ち着くのを待つのが先だと自分に言い聞かせた。

どれくらい時間が過ぎただろうか、ふいに、ぽっちが「綾さんってば！」と喋《しゃべ》り始めた。

「綾さんってば！　綾さんってば！　芭子ちゃん！　クチュ、ピ！」

まるで動かなかったまゆみが、つられたように顔を上げ、それから大きく息を吐き出した。それを合図のように、芭子も背筋を伸ばした。早く三時にならないだろうか。とてもではないが、芭子一人では、この状況を受け止めきれそうにない。

「コーヒー、冷めちゃったわね」

「大丈夫です。その方が、しみないし——あの、本当にすいません」

まゆみは目元だけをわずかに動かして小さく頭を下げる。それからようやく、ぽつり、ぽつり、と話を始めた。

暴力を振るったのは、思った通り、彼女の夫だということだ。顔を狙《ねら》われたのは、ほとんど初めてに近いが、DVそのものは何も今に始まったことではなく、結婚直後からなのだという。

「普段は、本当に穏やかでおとなしい人なんです。口数も多くないし、優しいし」

「そんな人が、あなたをこんな目に遭わせるの？」

まゆみは困ったように首を傾《かし》げ、「どうしても」とため息混じりに呟《つぶや》いた。

「つい、いらいらしちゃうんだと思うんですよね――今、景気もよくないし、思ったように仕事がうまくいかなくて」

「だからって――」

「私を殴りながら、彼の心も痛がってるんです。私よりもずっと痛くって、心は血を流してるんですよ」

そんなこと、どうして分かるのだと言いたかった。妻の顔を殴りつけ、痣まで作る夫になど、どんな言い訳も通用するはずがないではないか。

祖母の代から大切にしてきた柱時計がボーン、ボーンと三つ鳴った。芭子は携帯電話を手に取った。

「綾さんに電話してみるわね」

「江口さんに？」

「話を聞いてもらった方がいいと思うから」

「そんな――いいです。あの、こんなこと、もともと人に相談するようなことでもなかったんだし。あの、じゃあ私、この辺で――」

「ダメよ。こんな夜中に帰るっていうの？　第一、靴はどうするのよ。また裸足《はだし》で帰るの？」

急に居心地の悪そうな顔になっているまゆみを見ているうちに、はっと思いついた。芭子はバタバタと立ち上がるとタオルを濡《ぬ》らしてきた。

「ごめんね、気がつかなくて。熱を持ってるんじゃない？　消毒もしようか？」

濡れタオルを受け取るまゆみは、無理矢理のように微《かす》かな笑みを浮かべて、小さな声で「すいません」と呟いた。それから彼女は、タオルを顔全体にあてて、うずくまるように何も言わなくなった。芭子は、ため息混じりにそんな彼女を見つめながら携帯電話を耳に当てた。数回のコールの後で、すぐに「どしたの、こんなに早く」という綾香の声が聞こえてくる。芭子が簡単に事情を説明する間、まゆみは身じろぎもしなかった。

それから十五分足らずで、綾香がやって来た。芭子の顔を一瞥《いちべつ》するなり、ものも言わずに茶の間に上がり込むと、綾香は「まゆみちゃん」と言ったまま、絶句したようにその場に立ち尽くしている。

「コタツに入ったら」

「時間、ないからさ。すぐに仕事に行かなきゃならないから」

背後から声をかけると、綾香はわずかにこちらを向いて言った。その、いつになく固い声に、芭子は一瞬、どきりとなった。綾香にとって、夫のDVは人ごとではない。だからこそまゆみの気持ちを理解してやれると思ったのだが、綾香自身が過去を思い出してしまった様子だ。これで古い傷口が、もう一度開こうとしているのだとしたら、出勤前にわざわざ呼び出すべきではなかったかも知れないと気がついた。

「ちょっと見せてごらん。どれ」

まゆみの前に膝《ひざ》をつき、綾香は彼女からそっとタオルを離させた。まゆみは黙ってされるままになっている。

「芭子ちゃん」

「あ、うん」

「この子の顔、写真に撮って」

「——え？」

「芭子ちゃんの携帯でいいから。この子の携帯だと、後で消されちゃうかも知れない。自分で消すかも知れないし」

まゆみが怯《おび》えた顔になっている。芭子は言われた通りに自分の携帯電話を構えた。

「——やめてくださいよぉ」

「だめ。撮っておかなきゃ」

「何にするんですか、そんなもの」

「証拠を残しておくの」

「何の証拠ですかぁ——」

まゆみが初めて眉根《まゆね》を寄せ、不快そうに顔をしかめた。だが綾香は言うことを聞くようにと、さらに厳しい口調で言った。芭子は気の毒だと思いながらも携帯電話を構えて、まゆみの顔に近づいた。

「まゆみちゃん、よく聞いてね」

時間がないせいもあるだろう。綾香は、ひどく気忙《きぜわ》しげに「いい？」と、畳みかけるように話しかけている。

「あなたは自分で自分の身を守らなきゃならない。どんな理由があろうとも、夫の暴力を許したりしたら、だめなのよ」

「そんなこと言ったって——彼だって可哀想《かわいそう》な部分があるんですよぉ」

「可哀想なんかじゃないの！　一度こうなったら、もう元には戻らないのよっ！」

「違うんです、違うんです。私が悪いんですから——」

「悪くない！　あなたは悪くなんかないのっ！」

真夜中の空気を震わせるような声だった。芭子も驚いたが、まゆみもびっくりしたように綾香の顔を見つめている。

「とにかく、帰ったら話そう。芭子ちゃん、あんた今日、バイトでしょう？」

「ああ、うん──」

「じゃあ、まゆみちゃん、あんた、私のアパートにおいで」

「──え？」

「私が帰ってくるまで、寝てればいいから。私、店長と奥さんに頼んで、今日は昼過ぎで上がらせてもらうようにするからさ」

「綾さん、彼女、靴も履かないで来たのよ」

つい口を挟む。すると綾香はますます深刻そうな顔になって、芭子に向かって小さく頷《うなず》き、「さあ」とまゆみを促した。

「芭子ちゃん、何か履くもの、貸してあげられない？」

「──スリッパは？　どうせ百均のだから捨ててもらって構わないし、こんな時間だもの、見る人もいないでしょう？」

綾香が少しだけ笑みを浮かべる。だが、その笑みもすぐに引っ込んだ。全身に緊張が漲《みなぎ》っている。そのただならぬ雰囲気に、芭子は、もしかすると本当に、綾香に連絡したのは失敗だっただろうかと不安になった。よかれと思ってしたことだが、まさか、ここまで表情を強《こわ》ばらせて、こんな風になってしまうとは思わなかった。

「芭子ちゃんは、もう寝なさい。少しでも寝ないと仕事に差し支えるからね。さ、行くよ」

半ば無理矢理まゆみを立たせて、綾香は慌ただしく玄関に向かう。まゆみは、まるで自分の意思などないかのように、ふわふわとした足取りで芭子が揃《そろ》えてやったスリッパを引っかけ、綾香に連れられて、朝の気配など微塵《みじん》も感じられない闇《やみ》の中へ消えていった。

5

寝不足の上に、まゆみと綾香のことが気になって、その日はアルバイトに行ってもソワソワと落ち着かず、時計ばかり気にして過ごすことになった。それなのに、こういう日に限ってアルバイト仲間の一人が風邪で早退したり、問屋に発注してあった商品に手違いがあったりして、どういうわけか忙しくなるのだ。その上、芭子の作る服の大ファンだという女性客までやってきて、芭子と出会えたことに感激し、ほとんど小一時間も一方的に喋りまくり、こちらが好《い》い加減うんざりしかかっていたところで突如として、ところでオーダーメイドでドレスを作ってもらえないものだろうかと言い始めた。実は来年の一月に結婚することになっており、その式に愛犬も出席させたいというのだ。

「ワンちゃんの種類は、何ですか？」

「サラちゃんっていうんですけれどね、三歳のパグなんです」

「パグ、ですか」

「あの子にも、私と同じようにウェディングドレスを着せてあげたいんですよぉ。きっと、すごく可愛《かわい》いと思うんです」

しわくちゃ顔にずんぐりむっくりの、あのパグがウェディングドレスを着ている姿を思い描いて、芭子はつい笑ってしまった。それで眠気が吹き飛んだ。ただし、オーダーメイドということになると、この「パピーカタヤマ」とは切り離しての仕事ということになる。予算やデザインの点なども含めて、改めて相談しようということで話がまとまった。

「ちょっと、すげえじゃん。犬にまでウェディングドレスだって？」

同じアルバイト仲間のあみちゃんが、興味津々《しんしん》の表情で話しかけてきた。ぷん、と煙草《たばこ》の匂《にお》いがする。きっと店の裏で一服していたのに違いない。

「て、ことは、アレかな。ティアラとか、ネックレスとか、ブーケとかも、つけるのかな。ああ、あとさ、ガーターとか」

「ガーター？」

「ほら、サムシングブルーってヤツ」

普段から、まるで男の子そのものといった喋り方をするあみちゃんの口から、次々にウェディングドレスまわりの言葉が飛び出すのが、何だか不思議だった。その上、あみちゃんはリングピローがあってもいいのではないかとまで言い始めた。新郎新婦が交換する結婚指輪を載せておくロマンティックな小さな枕《まくら》のことらしい。

「そんなものがあるんだ」

「そのわんこにさ、リングピローを運ばせるっていうのもアリだよね。首から提げさせるか、どうにかして。もうさあ、客はバカ受けすると思うな」

なるほどねえ、と頷きながら、あみちゃんが口にしたものだけを数え上げても全部で六点になることに気がついた。普段の注文に加えて、もしもこの注文を引き受けるとなると、かなりの仕事量になりそうだ。今だって、だんだん寝不足になりつつあるというのに。そんな無理をして、大丈夫なものだろうか。

──でも。

こういう考え方がいけないのだと自分に言い聞かせた。またとない絶好のチャンスだと思うべきだ。それに、ウェディングドレスを縫えるなんて、夢のような話ではないか。それが、たとえ犬用で、ほんのちっぽけなものだとしても、純白のシルクでドレスを縫えたら、どれほど楽しいか分からない。

こうなったら、少しはウェディングドレスのデザインも研究すべきかも知れない。スタイルブックでも買ってみようかなどと、つい夢中になって考えているうちに、気がつけば午後六時を回っていた。大慌《おおあわ》てで、ショーケースやケージに入れられている子ネコや子イヌたちにエサを与え、水を取り替えてやり、その他キンギョやカメ、小鳥たちにもエサをやって回るうちに、七時の閉店時間が来てしまった。

「もしもし？　綾さん、どうなった？」

店を出てすぐ、自転車を押して歩きながら電話をかける。すると綾香の「どうもこうも」という声が聞こえてきた。

「私が帰ったときには、もぬけの殻」

「どういうこと、それ。ひょっとして、帰っちゃったわけ？　旦那《だんな》のところに？」

「そういうこと。置き手紙がしてあったけどね。『お世話さまでした』って」

「お世話さまって――それを言うなら『お世話になりました』でしょうっていうの。ラーメンでも出前してやったわけじゃないんだから」

「それもそうだけどさ――要するにあの子、完璧《かんぺき》に旦那に取り込まれてるわけよ」

「ちょっとだけ、そっちに寄っていい？　歩きながら喋《しゃべ》ってても、きりがないから」

携帯電話をしまうなり自転車にまたがって、芭子は冷たい風の中を走り始めた。まゆみは分かっていないのだ。自分の置かれている状況が、どんなに危険か。その話を、きっと綾香がしてくれるだろうと思っていた。だが、誰もが仕事を休める状況ではないのだから、仕方がない。いや、あの顔では、今日はまゆみも「おりょう」の仕事を休んでいるに違いなかった。それならば、これから呼び出すことは出来ないものだろうか。

「出てるんだってさ、それが。昼過ぎから何回も電話してるのに、まるっきり通じないから、どうなっちゃったのかと思ってたら、夕方になって電話に出てね、買い物に行ってたっていうわけよ。痣《あざ》を隠すファンデーションを買ってきたんだって。顔の腫《は》れは退《ひ》いたから、それで大丈夫とか、言ってた」

綾香のアパートを訪ねると、既に寝る準備に入っているのか、ジャージー姿の綾香は、微妙に口元を歪《ゆが》めながら「ったくね」と呟《つぶや》いた。玄関先で帰るつもりだったが、寒いからドアを閉めてと言われて、結局、少しだけ部屋に上がり込む。いつ来ても、この六畳一間の一室は、テレビとコタツと小さなチェスト以外、ほとんど物らしい物がない。その、簡素すぎる空間に身を置くと、つい「あそこ」のことを思い出すくらいだ。

「ねえ、どう思う？　放っておいて、いいものなの？」

綾香は寝る時間が近づいているし、こちらも空腹を抱えている身だから、十分か十五分したら帰ろうと心に決めて切り出すと、綾香は「さあねえ」とため息をついた。

「要するに、本人の意思の問題だから。あんな風に亭主をかばってるうちは、どうしようもないんじゃないのかなあ」

「だけど――ＤＶの怖さは、綾さんが一番よく分かってるはずだよね」

コタツを挟んで正面から顔を見る。綾香は「そうだけど」と、また曖昧《あいまい》に小首を傾げた。

「だから説得しようと思ってたわけだけどさあ、自分から家に帰っちゃうんじゃあ、こっちとしては手出しのしようがないもん」

「そのうち、大ごとになるんじゃないの？」

「たとえ、そうだとしたってさ。私らに出来ることなんか、ないってことよ。ずっとついてあげるわけにもいかないし」

「せめてアドバイスくらい、してあげたら？　しばらく実家に帰ったら、とか」

するとぬ香は、そのことは今朝、ここへ来る途中で本人に話してみたのだと言った。

ところが、まゆみは「帰る家がない」と答えたのだそうだ。

「どうして？　まさか、私たちみたいなワケがあるっていうんじゃあ、ないんでしょう？」

「まさか。そんなに偶然、前科者《マエもち》が集まるわけ、ないじゃないのよ」

「――じゃあ、どうして？」

綾香はふう、とため息をついて背を反らすようにしながら、「いないんだって」と呟いた。

「親も兄弟も」

「え――どういうこと。身寄りがないっていうこと？　でも彼女、この間うちに来たとき、弟さんがいるって言ってたのよ」

まるで腑《ふ》に落ちないではないか。そんな嘘《うそ》などつく必要もないと思うし、それに、まゆみの雰囲気からして、嘘をつくタイプにも見えない気がした。

「嘘かどうかは分からないけど――何だか不思議な子だよね」

「まゆみちゃん？　どうして？　暴力夫のところに帰ったから？」

綾香は、そういうわけではないとため息をついた。もともと惹《ひ》かれあって一緒になった男女のことだ。気持ちは複雑に決まっているし、夫婦のことは夫婦にしか分からない部分が多いものだと綾香は言った。

「そういうことじゃなくってね、何ていうかなあ――大体、芭子ちゃん、考えてもごらんよ。あの子って、見た目はおっとりした清純派だけど、もともと無神経なところがあるし、そんなに物怖《ものお》じもしないしさ、結構な度胸だと思わない？　そうじゃなきゃ、真夜中の二時過ぎに、つい最近、少しばかり親しくなった相手にいきなり電話してきて、その家に来ようとする？」

「だってそれは――」

「それに、普通の主婦が居酒屋なんかでアルバイトしようと思う？　思ったとしても、大抵は旦那が反対するもんじゃない？」

「――だから、それは」

「要するにあの子は、自分がそこそこ綺麗《きれい》で男好きするタイプだっていうこと、充分に分かってると思うんだよね。悪いけど、大した頭なんか使わなくても、手に職がなくても、とりあえずにこにこしてれば相手に喜ばれて、何とかこなせる仕事を選んでるんだと思うな」

「で、旦那もそれを黙認してるっていうこと？」

「いくら『おりょう』だって、お客さんの大半は男なんだし、ああいうタイプだから、中には粉をかけてくる男だっているでしょう。下品な冗談だって言うだろうし。そういうの、あの子は多分さらっと受け流せるわけよ。それを旦那も承知してるんじゃないの？」

か弱く可憐《かれん》に見えるが、意外に動じないという印象は、芭子も受けている。昨晩だって、痛々しく見えてはいたが、結局、彼女は涙一つこぼさなかったし、この時間になるまで、芭子には電話の一本も寄越さない。

「美人だから人なつこいと思ってもらえるけどね、あれがもう少し不細工な女だったら、単に図々《ずうずう》しいだけなのかも知れないよ」

なるほど、そういう見方も出来るかも知れなかった。

「とにかくさ、今度の木曜にでも、また話そうってことには、しておいたから。もしも私たちが水曜日、また『おりょう』に行って、あの子がいたら、そのときにまた確認すればいいよ」

結局、その日はそれで終わりになった。そろそろ寝る時間の綾香に「じゃあね」と手を振ってアパートを出たところで、ウェディングドレスの話をしそびれたことに気がついたが、今日の雰囲気に似つかわしい話題でもないと思い直した。

その後、まゆみからは礼の電話もメールさえないままで、水曜日になってしまった。こちらも忙しい毎日を送っているから、どうということもないが、それでも一日に何回かはまゆみのことを思い出して、何となく味気ない、煮え切らない思いで過ごしていたというのに、綾香と共に「おりょう」の暖簾《のれん》をくぐると、まゆみはまるでいつもと変わらない様子で「いらっしゃいませ」とほんのり笑った。

「この間は、本当、すいませんでした」

おしぼりを持ってくるときに、彼女は切なそうに眉《まゆ》をひそめて、「何だかみっともなくて」と言った。

「電話しなきゃとは思ったんですけど、何て言えばいいか分からなくて」

綾香が、ちらりとこちらを見た後で「その後、どう？」と言う。

「心配してたんだよ」

「あ、本当ですか？　もう平気。大丈夫です。お飲み物、どうします？」

あまりにもけろりとした様子に、思わず拍子抜けした。「生二丁！」と言いながらカウンターの方に戻っていく彼女を見送って、綾香が「ね？」と押し殺した声で身を乗り出してきた。

「要するにさ、結構な神経なんだよ。見た目通りっていうか、見た目と違ってっていうか」

「そういうことなんだね」

心配して損をした。だが、その方が気が楽だという気もした。

「ちょっとさ、コスモスみたいだね」

コスモスは、花だけ見ているといかにも弱々しく、すぐに折れたり枯れたりしそうなはかない印象だが、実のところは強い花だ。どんな台風に見舞われて倒れかけても、必ず再び茎を垂直に伸ばして、驚くほどしっかりしている。たとえば道路脇《わき》の、思い切り排気ガスを吸いそうなところででも、まるで関係ないというように、優しく揺れながら咲く花だ。「うまいこと言うね」と綾香が笑った。これで彼女のあだ名は決まりだった。

「江口さん、明日はパン、焼かないんですか?」

料理を運んできたときに、まゆみが無邪気な笑顔で聞いてきた。綾香の目が「ほらね」と言う。芭子は、つい笑みを返しながら、本当にいい神経なのだと思っていた。その辺りも、もしかすると女子大時代の友人に、よく似ているのかも知れない。

「明日は焼かないけど。でもさ、お茶でも飲みに来る？」

「あ、本当ですか？　嬉《うれ》しい」

「この前のことも、こっちはずっと心配してたんだしね。本当のこと言って、放っておいたらよくないと思ってるし」

するとまゆみは、コスモスのようにわずかに身体《からだ》を揺らしながら「ええ」と笑っている。話したいという意味なのか、話したくないと言っているのかよく分からない返事だった。

それでも翌日の午後、彼女は、今度はりんごを一つとスリッパを一足持って、やって来た。この間のお詫《わ》びです、と差し出されて、芭子は「あら」と言ったまま、どういう表情を見せればいいのか分からなかった。気は心だとは、思っている。だが、それにしても何とも中途半端《はんぱ》な印象はぬぐえなかった。

「ねえ、どうして私たちがこんなに心配してるか、分かる？」

今日はコーヒーとクッキーだけで、三人でコタツに入ると、まず綾香が切り出した。まゆみは、まるで叱《しか》られに来たかのように神妙な顔つきで俯《うつむ》いている。

「実は、私自身がさ、まゆみちゃんと同じ目に遭ってきたからなんだ」

綾香の声はいつになく低く、落ち着いていた。芭子は、その場にじっとしているのも辛《つら》いような気がしてきた。綾香の過去なら、これまでにもさんざん聞いてきた。その顚末《てんまつ》も何もかも知っている。果たして彼女は、それらのすべてをここで話すつもりなのだろうかと思うと、心臓が縮む思いだ。

「私も昔、結婚してたの。それで、何年も、ひどい思いをしてきた」

「――江口さんが？　そうなんですか？」

まゆみは半ばぼんやりした表情で、綾香を見つめている。綾香はうん、と大きく頷《うなず》き、それから、結局こういう問題が起きたからには、別れるより他に解決のしようはないのだと言った。

「長引けば長引くほど、結果は悲惨になるものなのよ」

「――そう、なんでしょうか」

「きっとご主人は、あなたに暴力を振るった後はすごく優しくなるんだろうと思うけど。泣いて謝ってくれるかも知れないし、自分のことを卑下して、こんな最低な男は見捨ててくれとか、言うかも知れない」

まゆみの表情が大きく変わった。初めて心の琴線《きんせん》に触れたかのように、唇を嚙《か》んで俯く彼女を見て、綾香は「やっぱりね」と呟く。

「お子さんは？　まだ、なんでしょう？」

まゆみは小さく頷いて、実は、過去に二度、流産しているのだと言った。そのうちの一回は、明らかに夫の暴力が原因だったという。綾香が絶望的な表情をこちらに向けてくる。芭子は、何と言ったらいいか分からないまま、コーヒーを淹《い》れに立った。息苦しくて、これ以上その場にいることが出来ない。まゆみでなく、綾香を見ていられないのだ。

「だから、何とか今度こそって、思ってるんですけどねえ。子どもが生まれたら、彼も変わってくれるんじゃないかって」

茶の間から話し声が聞こえてくる。芭子は薬缶《やかん》に水を注ぎ足しながら、思わず天井を見上げた。今日までの日々、綾香と共に歩んできた日々がすべて逆戻りしてしまいそうな気分だ。同じ舎房にいる受刑者たちから苛《いじ》められ、身を縮めるように過ごしていた日々や、そこへ新入りとして入ってきたときの、綾香の暗く惨《みじ》めな姿が、あまりにもまざまざと蘇《よみがえ》ってくる。

──結局、消えないんだ。どこまで歩いてきたとしても。

過去は過去として、他ならぬ芭子の記憶に深く刻み込まれてしまっている。周囲の誰が忘れようと、たとえ赦《ゆる》してくれようと、事実は事実として、烙印《らくいん》のように押されてしまっている。

今さら絶望的になろうとは思わなかった。これでも多少は覚悟が出来ているつもりだ。要するに芭子も綾香も、その烙印を背負ったまま生きていくしかない。

「……たりしたら、どうするつもり？　そのうち、本当に取り返しのつかないことになるかも知れないんだよ」

湯が沸いてガスの火を止めたら、再び綾香の声が聞こえてきた。お願いだから余計なことは言わないでねと心の中で呼びかけながら、芭子は新しいコーヒーを淹れた。

6

その日は、かなりの時間をかけてまゆみを説得したつもりだったが、結局、彼女は夫の元へ戻っていった。だが、以前とは違って、今度はひっきりなしに芭子か綾香のいずれかに携帯メールが入るようになった。

〈また殴られちゃいました。あーん！〉

〈痣だらけですぅ〉

どれほど家を出ろと言っても言うことを聞こうとしないくせに、泣き言ばかり言ってくる。そのうちに芭子は、要するにまゆみという人は心配のしがいがない人なのだと思うようになった。だからあるとき、思い切ってメールを書いた。

〈相談できる親戚《しんせき》の方とか、いないの？　弟さんは？〉

するとまゆみからは〈そういうこと、できないんですぅ〉という返事が来た。

「実は私の両親って、私が高校のときに事故で亡《な》くなっちゃったんですよね。私と、すぐ下の弟だけ残して。あと他にもう一人、弟がいたんですけど」

次に会ったとき、まゆみは少しだけ淋《さび》しそうに微笑《ほほえ》みながら話し始めた。芭子が自宅で仕事をしている日を知った上で、昼食時に訪ねてきた彼女を、仕方がないから近くの喫茶店に誘った。一人での昼食ならお茶漬け程度で済ませられるところなのだが、まゆみにまでお茶漬けを食べさせるわけにはいかないと思ったからだ。

「組合のバス旅行に参加したんですよね。私と上の弟はそれぞれ別の用事があって参加しなかったんですけど」

高速道路を走行中にタンクローリーと衝突するという大事故だったのだそうだ。バスの乗客五十数名のうち、八名ほどが亡くなった。その中に、まゆみの家族が含まれていたという。芭子は、思わず手を止めてまゆみを見つめてしまった。

「――そんなことがあったの」

だが、まゆみの方は相変わらず薄い笑みを浮かべたままで、スパゲティランチに向かってフォークをくるくると動かしている。事故当時、高校二年生だった彼女は、その後、九歳の弟と共に叔母夫婦に引き取られたのだという。保険金も下りたし、経済的には問題はなかった。叔母の家から短大にも通い、その後、就職を機に独立したのだそうだ。弟は現在、地方の大学に通っている。世話になった叔母は数年前に病没し、その後、叔父が再婚したことから、今現在は、ほとんど交流は途絶えてしまっているという。

「だから、帰る家とか、相談できる身内とか、いないんですよね、私。まだ学生の弟に、こんな話してもしょうがないし」

「あの——ごめんなさいね。私、綾さんもだけど、そんなこと全然、知らなかったものだから」

まゆみはにっこり笑って「いいんです」と首を振る。

「それだけ心配してもらってるっていうことですもんね。私、それ、すっごくよく分かってますから」

そう言ってもらえると、ほっとする。それにしても、そうか、ここにも帰る家のない女がいるのかと、何ともいえない気持ちになる。むしろ、芭子よりも哀れかも知れなかった。喪《うしな》ったとはいえ、生きてはいる。会えないと分かっていても、どうしているかと思うことは出来る。だが、そんな死に方をされてしまっては、それさえ出来ないだろう。

「だから私ね、余計に、自分の家庭を大事にしたいって、思うんですよね」

「それは、分かるけど」

「早く子どもを産んで、楽しい家庭にしたいって。うちの両親がそうだったみたいに、家族でカラオケに出かけたり、旅行したり」

「今の、ご主人と？」

スパゲティを頬張り、口をもぐもぐと動かしながら、まゆみは珍しく少しばかり悪戯《いたずら》っぽく見える表情になった。

「そんなに私を別れさせたいんですか？」

ようやく口の中のものがなくなると、彼女は紙ナフキンで唇を押さえながら、一瞬だが、はっきりと芭子を睨《にら》んだ。ひやり、となった。一瞬にして芭子は、もうこの話はしない方がいいと感じた。綾香や芭子が、どれほど真剣に心配しようと、彼女にはそう受け取られていない。

「私と綾さんは、ただ、まゆみちゃんに幸せでいて欲しいと思うだけよ」

出来るだけ穏やかな口調で言ったつもりだった。まゆみは「ふうん」と頷き、その後はどこか居直ったような表情でランチを食べ続けていたが、最後にようやくいつもの笑顔に戻って、「ここ、美味《おい》しいですね」と言った。何か、奇妙にざらりとした感触が、芭子の中に残った。

その晩、綾香に電話で昼間の出来事を話し、結局、芭子がランチをご馳走《ちそう》することになったと言うと、綾香は「ちゃっかりしてるわね」と、ぞんざいな口調で言った。

「あの子、そういうところがあるんだわね。それにさ、だんだん分かってきたんだけど、結局のところ、それほど真剣には悩んでやしないんじゃない？　色々とメールは寄越すけど、そのとき限りでさ、ただ適当に慰めて欲しいだけっていう感じ。根本的に問題を解決しようとは思ってないんだなって」

「ご両親の事故の話をしてても、こっちは気を回して、あの子が無理に笑ってるのかなとか思うんだけど、そうじゃなくて本当にケロッとしてる感じなの。『もう過ぎたことですから』みたいな感じでね」

「さすがコスモスだな。やっぱり、かなりの神経の持ち主だっていうことかしらね」

「そのくせ、私のことは睨んだからね。『そんなに別れさせたいんですか』って。あの瞬間、私、ああ、コスモスには通じないんだと思った」

綾香の声が「ふうん」と聞こえる。

「綾さんもさ、あれくらい図太い神経してたら、もう少し違う人生になってたかもね。同じ目に遭ってても」

お互いがそれほど神経質な方だというつもりはない。だが、まゆみに比べれば繊細なのだろうと思う。いや、まゆみの肝が据わりすぎているのだ。

「そういえばさあ、アキヨっていたじゃない。覚えてない？」

綾香がふいに口調を変えた。芭子は少し考えて、綾香の「ほら、愛人の女房を刺したとかいう」という言葉に、ようやく一人の女を思い浮かべた。確か、髪をボブカットにして、いつも少しばかり上目遣いに相手を見る女だった。

「あの女もさあ、おそるべき神経の持ち主だったじゃない。見た目はちょっとばかり綺麗《きれい》だったけど」

一時期、芭子たちと同じ舎房にいた受刑者の顔を思い出して、芭子も「あの女ね」とつい一人で顔をしかめた。たしかに無神経な女だった。外見とは大きく違って、話すことも日々の暮らしぶりも、何もかもがあまりにも開けっぴろげで、下品とか何とかいう問題ではないくらいだったし、とにかく人の神経を逆撫《さかな》でするようなことばかり口にしては、周囲の人間を怒らせる女だった。だが、本人は自分の発言や行動のどこが人に不快感を与えるのか、まるで分かっていないのだ。自分の容姿に絶対的な自信があったらしく、相当に破天荒な人生を歩んできたらしいが、「だって別に減るもんでもないんだしさ」というような表現で、自分の男関係なども洗いざらい喋《しゃべ》り散らすような女だった。久しぶりにかつてのムショ仲間の顔を思い出して、芭子は余計に嫌な気分になった。

「要するに、外見にだまされちゃいけないってことよ。コスモスの旦那《だんな》だって、もしかすると、彼女の無神経さにカチンと来て、つい手が出るのかも知れないよ」

「だとしたって、痣が出来るほど殴るなんて最低よ」

「それは、そうに決まってるんだけどさ。本人に自覚がないんなら、もう、どうしようもないじゃない」

だから、これからはまゆみの家庭のことに口出しをするのはやめにしようと結論を下して、その日は会話を終えた。

それからも、まゆみは二度ほど昼食時に訪ねてきた。芭子のことをすっかりあてにしている様子で、「ご飯食べに行きませんか」などと甘えた声を出す。思った以上に図々《ずうずう》しい子だと思いながらも上手に断る術《すべ》が見つからなくて、結局、同じ喫茶店でランチを共にすることになったが、そういうときでも、芭子はもう彼女のDV被害の話はしないことにした。どこかでタイミングをはかって「今度から割り勘にしようね」

と言わなければと思っているうちに、十一月も末に差しかかっていた。芭子は、こっそりと綾香のためのマフラーを編み始めた。これが編み上がり、余裕があったらまゆみにも編んでやろうかと思っている。

「今年のクリスマス、どうしようか」

「簡単にでもパーティしたいなあ。今年、イブが木曜日なんだよ」

「分かってる。店長が、今年はリースパンの他に、シュトーレンも焼くって、もう準備に入ってるよ。じゃあ、一本分けてもらってくるか」

「すごい！　ねえ、コスモスも、誘う？」

水曜日と給料日が重なった日だった。このところはずっと芭子の奢《おご》りが続いていたが、今日こそは綾香が奢ると言って、二人で「おりょう」に向かった。そうして店の暖簾《のれん》をくぐると、男の声が「いらっしゃい！」と迎えてくれた。カウンターの向こうから、豆絞りの手ぬぐいを頭にまいた店主が、にっこり笑っている。店内を見回しても、まゆみの姿は見あたらなかった。

「彼女、先週いっぱいでやめたんですよ」

ビールや料理を注文し、しばらくしても姿が見えないから、思い切って聞いてみると、店主が意外そうな顔で教えてくれた。

「知らなかったんですか？　結構、仲がいいみたいに見えてましたけど」

芭子は綾香と顔を見合わせ、慌《あわ》てて首を振った。やめるような話は何も聞いていない。それどころか、このところは電話もメールも何もなかった。

「あの、やめてどうするとか、聞いてます？」

店主は「さあ」と首を傾《かし》げる。

「よく知らないけど、急に引っ越すことになったからとか、そんな話でしたけどね。うちとしても急だったんで、ちょっと慌てたんですけど。彼女、人気があったから」

店主が去ったところで、急いで携帯電話を取り出し、彼女の番号にかけてみたが、電波の届かない場所にいるか、電源が切れていますというアナウンスが流れるだけだった。一応メールを送ったが、それ以上には出来ることも思い当たらない。

もとの「おりょう」が戻ってきたのだと思えば、どうということもない。それでもまゆみの姿が消えた店内は、何となく殺風景になったようにも感じられる。芭子は「何だろうね」と、ため息とともに首を傾げた。

「どうして私たちにも知らせてくれなかったんだろう」

「それは——知られたくないような理由があったからじゃないの？」

「——旦那のことで？」

もしも夫の暴力がきっかけで、何らかの事件にでもなっていたとすると、自分たちは相当に寝覚めの悪い思いをしなければならないと思った。やはり強引にでも夫から引き離すべきだったのだと、きっと自分たちを責めることになる。だが、このところそういう事件は報道されていないはずだ。せっかくの綾香の奢りだというのに、二人揃《そろ》って何となく浮かない気分になった。

「何か、すっかり振り回されたって感じだね」

「あの子にとって、私たちって何だったんだろう」

「まあ、近所のおばさん、かな」

「それだけ？」

「パート先に来る常連」

「それだけ？」

「そんなところなんじゃないの？」

何とも侘《わ》びしい気分になってくる。だが少し酔ってくるに連れ、だんだん腹も立ってきた。よかった。マフラーなんか編んでいなくて。よっぽどお人好《よ》しだと笑われるところだった。

「意外とさ、またどっかでひょっこり遭遇して、当たり前に『あらあ』とか何とか、声でもかけてくるんじゃないのかね」

「それどころか、また昼時を狙《ねら》って、うちの玄関をピンポーンって、やったりね」

「あり得る、あり得る！　で、また奢らされるんだ、芭子ちゃん」

綾香が「ぐひひひ」と歯をむき出して笑った。そういえば、こういう顔を見るのも久しぶりだった。それから芭子は、ずい分長い間、話さないままでいた「犬のウェディングドレス」の話を聞かせた。

「今、暇を見つけては色んなデザインを考えてみようかと思ってるの。で、オーダーメイドみたいな形で、注文を受けられないかなって」

綾香はテーブルに肘《ひじ》をつき、身を乗り出して芭子の話を聞き、いつものように「いいじゃない！」と言ってくれた。

「すごい考え！　ちょっと、タキシードも作るんでしょうね」

「やっぱり、そうした方がいい？」

「そりゃあ、そうよ！　今どきの馬鹿《ばか》ップルがさ、大喜びして飛びつくに決まってる。それに、飼い主の結婚とは関係なくても、犬同士の、交配？　ああいうのだって、結婚式っていう形をとりたいような飼い主が、きっといるってば」

「綾さん、馬鹿ップルって――」

「気にしない、気にしない。まあ、親バカみたいな意味だと思いなさいよ。だって、その人、予算はどれくらいだって言ってるわけ？」

「出来れば十万以内でって」

綾香は「ほら！」と店中に響くような声を上げた。

「たかだか犬のドレスに十万円出そうだなんて、親バカ、犬バカ以外の何ものでもないって！」

芭子は、わずかに顎《あご》を引いて、「そんなにバカバカ言わないでよ」と綾香を睨《にら》んだ。

「そういうバカのお蔭《かげ》で、こっちは商売になるかも知れないんだから」

すると綾香は、少しだけ誤魔化すような笑顔になって、ちろりと舌を出す。愛嬌《あいきよう》のある顔を見て、芭子もつい笑った。

「不思議なものよ。色々と参考にしようと思うから、このところ、ウェディングドレスのスタイルブックとか、カタログとか、集めてるでしょう？　それから純白のシルクタフタの生地とか綺麗なレースとか、サテンリボンとかラインストーンとかね、そんなものがまわりに溢《あふ》れてくると、自分とは無縁だって分かってても、何となく気分が盛り上がっちゃうんだよね」

綾香は「ちょっと」と唇を尖《とが》らせる。

「無縁かどうかなんて、まだ分からないじゃないよ」

「だって私は、そんなもの着るつもりもないもん。たとえ、万に一つか百万に一つか、誰かと出会ったとしてもね」

「何で？」

「柄じゃないもん。ウェディングドレスなんて」

綾香は何か言いかけて、唇を尖らせたままで首を傾げていたが、やがて、気分を変えるように姿勢を変えた。

「まあ、ね。あんなもん着たから幸せになれるってもんでも、ないしさ。好きなようにすればいいわよ。取りあえずはまず出会うことじゃない？　そこから頑張んなきゃダメよ。あんた」

ふと、綾香もウェディングドレスを着たのだろうかと思った。その姿は、どんな風だっただろう。けれど、さすがにそれは聞けなかった。軽く酔った頭で思い描くだけにしながら、その晩は犬のドレスの話で盛り上がった。

師走《しわす》に入ると、芭子の仕事はますます忙しさを増した。普段のペット服に加えて、クリスマスやお正月向けのコスプレ風衣装も作らなければならず、特注のウェディングドレスの構想も、いよいよ具体的になってきていたからだ。店に出る日をもう一日、減らしてもらうことにして、週に四日は、ひたすら家で作業した。木曜日も、布の仕入れに出るという名目で綾香と共に少しばかり息抜きをする以外は、ひたすら針仕事の毎日だった。

ミシンを使うときは二階のアトリエに上がらなければならないが、編み物をするときは茶の間で過ごす。ぽっちが淋《さび》しがると可哀想《かわいそう》だし、コタツで温まりながら仕事がしたかった。大きめのバスケットに必要な毛糸玉を揃えて、とにかくせっせと手を動かしながら、その日も午前中から、大して見ていないテレビをつけっぱなしにしていたら、突然、「野川純一と、妻のまゆみ容疑者」という言葉が耳に飛び込んできた。

芭子は、慌ててテレビを見た。

〈……調べによりますと、野川容疑者は妻のまゆみ容疑者を都内各地の飲食店で働かせ、独身と偽らせて特定の男性客に近づかせた上で相手の気を引き、言葉巧みにホテルなどに行くように仕向けて、男性がまゆみ容疑者と二人になったところに現れては、『自分の妻に何をする』『俺は暴力団員だ』などと言って暴行、脅迫行為を行い、いわゆる美人局《つつもたせ》の手口で複数の男性から現金を奪い取ったとされ、暴行傷害、恐喝などの容疑で逮捕されたものです。妻のまゆみ容疑者は共犯とされています。これまで被害に遭った男性は少なくとも六人以上はいるとみられ——〉

呆気《あっけ》にとられた。テレビの画面には、見知らぬ町並みが映し出され、雑居ビルの看板には「スナック」という文字が見えている。その画面に重なるように見える文字は、「逮捕　無職　野川純一容疑者（三十四）・妻　まゆみ容疑者（二十九）」と読めた。

間違いなく、コスモスのまゆみだと思った。携帯電話に飛びつくようにして、綾香にメールだけ送っておく。すると昼過ぎになって、綾香から電話があった。

「私も昼のニュースで見たわ。あれ、間違いなく、彼女だよ」

「どういうことだと思う？」

「要するに、生活力のない旦那にやらされてたっていうことでしょう？　とことん、バカなんだわ」

「『おりょう』でも、やってたのかな」

だとしたら、あの店にも今ごろは刑事が聞込みに来ていることだろう。だが、あの店の主人のことだ。きっと何も知らなかったのに違いない。さぞ迷惑な思いをさせられているだろうと思ったら、気の毒になった。

夕方、仕事帰りに売れ残りのパンを差し入れに来てくれた綾香は、芭子が作っておいたカレーライスを美味《おい》しそうに食べながら、「それにしてもさ」と口を開いた。

「はっきり言って、下には下がいるっていうか、私らより悲惨だと思わない？」

芭子も綾香につき合って、早めの夕食をとりながら、「コスモス？」と綾香を見た。

「あの子の哀れなところはさ、自分がそこまで悲惨だっていうことに、気がついてないってことだと思うね。あの手の子は、きっと懲《こ》りないよ」

確かに、そうかも知れないという気がした。彼女はたとえどういう目に遭っても、のど元を過ぎてしまえばその時の苦痛をけろりと忘れて、また同じ目に遭うタイプなのかも知れない。どれだけ殴られても蹴《け》られても、夫から離れることも出来ず、強要されたのかどうか知らないが、あんな風にふんわり笑いながら、ついに美人局まで働くなんて、芭子たちの想像を超えていた。

「ひょっとすると、私たちの方がまだ幸せなのかもね」

「そうかも。ちゃんと懲りる性格だし」

「今のところ、粉をかけてくるような男もいないし」

「帰れないにしたって、帰りたいと思う家があるわけだし」

スプーンが器にコツ、コツと当たる音が響いた。

「大きなおじゃが」

「カレーの具は大きい方がいいでしょ」

「ニンジンもお肉も、みんな、大きいね」

「みみっちいのは、嫌なのよ。『あそこ』の粉っぽいカレーを思い出すから」

「これからは、コスモスがあれを食べることになるね」

今、こうして暖かいコタツに入り、具だくさんのカレーを食べていられる幸せをしみじみと感じる。同時に改めて、もう二度と、あんな場所へ逆戻りするものかという気にもなった。

「あのさ、芭子ちゃん」

「なあに」

「今度のクリスマス・イブなんだけど」

「どうしたの？」

「店、開けるんだって。シュトーレンもリースも、バンバン売らなきゃいけないからって」

「——分かった」

「あれ、怒らないの？」

綾香が、少しだけこちらの顔色をうかがうようにして、スプーンの先をくわえている。芭子は、うん、と頷《うなず》いた。

「こうして過ごせてるだけで、幸せだもん。贅沢《ぜいたく》、言えない」

味気ない気はする。けれど、夜明け前から起き出して働かなければならない綾香の方が大変に決まっていた。それでも、働けるだけで幸せだと、きっと綾香も思っているに違いない。

「これから寒いムショに行く人のことを考えたら、ずっと幸せ」

二人で顔を見合わせて、コツ、コツ、といわせながらカレーを食べた。イブに渡せないのなら、マフラーはお年玉にしようか。いや、一日でも早い方がいいだろうかと考えながら、芭子は、ふとまゆみにもマフラーくらい、編んでやりたかったのにと思った。コスモスみたいな彼女は、もしかすると今後二度と、誰かに手編みのプレゼントなどされることはないかも知れない。そう思うと、やはり少し哀れな気がした。

「こんな私が、誰かを哀れだと思うなんてね」

つい、口に出して呟《つぶや》いていた。綾香が一瞬、驚いたように顔をあげて、それから
「うん」と頷いた。

食事を終えると、綾香は冷たい風の中をそそくさと帰って行った。今日は午後から木枯らしが吹いている。この乾いた風の音を、コスモスはどこで聞いていることだろうかと思いながら、その晩も芭子は遅くまで、小さな小さなウェディングドレスを縫って過ごした。

解説

堀井憲一郎

この、穏やかで素敵な物語を読んでいて、いくつか気になることがある。

その一つは「なんばグランド花月」でどんなお笑いを見たのか、ということだ。最初のお話「梅雨の晴れ間に」。大阪に行った芭子《はこ》&綾香《あやか》のコンビは、ユニバーサル・スタジオ・ジャパンで楽しんだあと、たぶん翌日だとおもうが、なんばグランド花月に行ったはずなのだけれど、そこで誰を見たんだろうか。大助・花子だろうか、カウス・ボタンだろうか、阪神・巨人かな、桂小枝《こえだ》は出ただろうか、中川家や笑い飯はまだ出てないころかしらねえ、横山ホットブラザーズが見られたらラッキーだとおもうんだけど、新喜劇までたっぷり見る時間はおそらくなかったんだろうなと、他人事《ひとごと》ながらとても気になる。気になってしかたがない。なんで気になるのかはわからないが、とにかく綾香さんにはとても楽しんでもらいたい、とつい、おもってしまうのだ。

ほんとどうでもいいことが気になってすんません。

おそらく、芭子と綾香の世界に入ってしまっているということなんだろう。

四つめのお話の「コスモスのゆくえ」でも、気になったことがある。

コスモスとあだ名をつけられた野川まゆみのダンナのことだ。

まゆみによると、売れないライターであるらしい。

「うちのダンナさんは、歴史関係のことばっかりなんです。あと、落語ですね。落語がものすごく好きで、詳しくて、色々と勉強したり、取材してて」

そうか。そうか。落語のライターなんてものは、業界全体で数人ほどしかいないし、そもそも専業で食ってる人がほとんどいない。私、つまりいまここで解説を書いている堀井憲一郎くんですね、もう、くんなんて歳《とし》ではないけど、私は落語関係の原稿をよく書くのでそのへんの事情に少しだけ詳しくて、だからとても他人事とはおもえない。私だって、落語に関して言えば、ほとんど儲《もう》かっていない。きちんと入場券買って落語を見に行ってると、それに見合うほど、落語関係の原稿料が入ってくるわけではないのだな。どっちかってえと使ってる金のほうが多いくらいだ。他で稼いで落語については好きで関わってる、という気分でないとなかなかむずかしいのだ。よくわかる。そんな細かい内情まではいいですか。そうですか。

でも、だ、まゆみのダンナは、ちょっとよくないな。

そうおもったのは、まゆみに写真を撮らせているところだ。

小塚原《こつかつぱら》や満足稲荷《いなり》の写真を女房に撮らせている。うーん。よくないな。よくありませんぞ。

ライターという商売は、現場にどれぐらい足を運ぶかが勝負である。何の資料かよくわからないけれど、歴史的建造物に自分で出向かないと何もならないだろう。漫画家が背景の資料にするために写真を撮ってきてもらう、というのは、ぎり、ありかもしれないが、それだって多くの漫画家は自分で写真を撮るものだ。それを、ライターが女房に写真を撮らせるなんて、うーぬ、それはよくありません、と、この箇所を読みながら、ひとり、ぎりぎりっとしていたのである。あ、自分はかつて一度取材に行って、細かいところがうろ覚えだったので、確認のために写真を撮りに行かせたのかもしれんな、それだったらいいのか、いや、それでもあまりよくないぞ。うぬ。よくありません。

小説を読まずに、この解説を先に読んでても、あまり意味がわからないかもしれない。申し訳ないけど、こちらは勝手口なので、よろしければ表から入ってください、というしかないですね。私は、文庫本を読んで、読んだあとに解説を読むのがとても楽しみなので、つい、そういう人に向けて書いてしまいます。

野川まゆみのダンナが、何か変だ、というのは、たとえばいまの一節でさりげなく出ているのだ。気付く人は気付いてしまう、ライターだというダンナの妙なところ。そのへんがうまいですねえ。落語を評してんじゃないから、うまいですねはないか。でも、この妙な気配が、あとあと効いてきます。

乃南アサの小説を読んでいると、つい「何やってんだよ」と声を掛けてしまうことがある。だから小説の登場人物にね。声を掛けてしまうのだよ。すいませんね。落ち着きがなくて。

まず、綾香さんには、ついつい、声が出てしまいますね。ときにはまんまと騙《だま》されるし（これは前作『いつか陽のあたる場所で』での話ですが）、今回だって、大阪の街中で高校の時の同級生に声を掛けたりして、えっ、大丈夫なの、とおもってしまうし、その、私が「大丈夫なの」とおもったことには、きちっとけりをつけてくれる。おれの心の声を聞いてるのか、とおもってしまうけど、そんなわけはありません。おれが作者の企《たくら》みにまんまと引っかかって、いいように予定されていたところに落とし込まれているだけだな。うーぬ。だから乃南アサの小説を読み出すと止まらなくなるんでしょうな。

いつもそのへんを自転車で走りまわっている若い警官の高木聖大《せいだい》を見ていても、「何やってんだよ」と声が出てしまう。彼はまあ彼なりに一生懸命やってるんだろうけれど、それにしても、イヌっころの服を作っているんですか、なんて、なんでそんなところで馴《な》れ馴《な》れしく話しかけてくるんだよ、そりゃいかんよ、とほんと谷中《やなか》に出向いていって、直接、注意したくなってくる。いかんいかん。それではまるで、ボタンではないか。でも、そういう心持ちになってしまう。

いまから地下鉄千代田線に乗って、千駄木《せんだぎ》か根津《ねづ》で降りて少し歩き出したら、このお話の中の誰かにきっとすれ違うに違いない、という、とても近い世界だとおもっている。うちからだいたい30分くらいのところのお話って感じです。

前科者二人の物語、と聞くと、とてもダークな、犯罪の匂《にお》いのする、危険なお話を想像してしまいがちだ。でも、内容はご存知のように、ご存知でない方は読んでもらえばわかるとおりに、ふつうの生活が描かれているばかりである。「前科者」↓「やばい人たちだ」↓「なんかまた犯罪に巻き込まれるぞ」↓「大変だ」と、ものすごく単純に考えてしまってる読者にとっては（そんな読者はいない、なんてことはないぞ、少なくともおれそうです、えらそうに言うことじゃないっすけど）、とても意外な世界が待っている。読んでいて気付くのは「そっか、おれはいままで前科者の出所後のその後の生活なんて、まともに考えたことなかったなあ、あっはっは」ということである。あっはっはって、笑うんじゃありません。はいすいません。でも、ヤクザが出所して箔《はく》が付いてまたヤクザ社会に戻っていくというケース以外を別段、想像したことがなかった。あとは、ビール飲んでカツ丼《どん》食ってから、若者の車に同乗して黄色いハンカチが吊《つる》されてるかどうかを見に行く男の人くらいしかおもいつかない。黄色いハンカチは、それはそれは空に届けとばかりに何十枚も翩翻《へんぽん》と翻《ひるがえ》っていたのでした、涙が止まりませんでした、ってそれはいいです。

たまたま熱に浮かされるように罪を犯してしまった前科者は、出所後、静かに静かに、それはそれはつつましく暮らしているのだ、という世界を見せられて、ちょっと、はっとしますね。そうか、そうなのか、そうかもしれないな、と意外なおもいと、納得の心持ちで、この話を読み進める人が多いとおもう。乃南アサが描いているのは、前科者という表面的な部分を越え、「人として生きている姿」を見せてくれるばかりだ。静かに暮らす日常が描かれているだけである。前科者だけに、前科者だからこそ、つつましく静かに暮らしていく生活が、自然に胸にしみこんでくる。前科者の陰影と季節の移り変わりがとても印象的で、何ともすてきな小説である。

乃南アサの世界は多様だ。

いくつもの小説が書かれているので、いくつかの小説を読んだんだけど、すべてに共通して言えるのは、お話に引き込んでいく力と、お話を引っ張っていく力がとても強い、ということである。つまり、一冊の乃南アサの文庫本をなにげなく手に取って、ま、どんな内容なのか知っておくために最初の部分だけでも読んでおくか、となにげなく読み始めると、知らず知らずに数ページ読み進めていて、そのまま止まらなくなって、二時間も読み続けている、という羽目になってしまうのだ。最初だけでもとおもったのは、そりゃ仕事の合間に手に取ったからで、二時間も読んでたらいけないだろうという状況なのに、ああそれなのに、最初の数行だけのつもりが文庫本を半分も読んでいるのだよ。どうしてくれるのだ、と何度も茫然《ぼうぜん》としました。それは世評の高い作品であろうと、さほど知られてない作品であろうと（乃南アサ作品に知られてない作品というのはあまりないのだけれど、比較的ということですね）、同じだった。『風紋』などは、文庫二冊の長い話なのに、ちょっと読み出したら下巻の最後まで読まされましただよ。一日まるまる読み続けてました。あにするだ、とつぶやいて、でも懲《こ》りずにそれを繰り返し、そのうちやっと、最初の数行を読むかぎりはそのまま読み続けてしまう可能性が高いんだぜ、と自分に言い聞かせてから手にするようになりました。これは多分に、性格によるものだとおもうからみんながそうとはかぎらないだろうけれど、でも何気ないようでいて、どんどん引っ張っていく力はほんとどこにあるんだろう、と何冊かの文庫本を積み上げて嘆息いたしておりました。嘆息、というのは文章家として、ひたすら羨《うらや》ましいという心持ちからの嘆息であります。

私が勝手に好きな乃南アサ作品を三つ選ぶと、べつに誰に三つ選べと言われたわけでもないけれど、でもまあ勝手に心のベスト3をあげさせてもらいますと、やはり一つは『凍える牙《きば》』。直木賞受賞作ですね。もう、タイトルからしてかっこよくて、内容もかっこいいです。凍える、ときて、牙、ですからね。まじ、かっこいいっす。音道刑事は、やはりこの作品でのバイク姿がいっとう、かっこいいよなあ。

次にあげたいのは『しゃぼん玉』。これも、主人公に向かって「おいおい、何をやってんだよ」と何度も声に出してしまう作品ですが、部屋で一人で読んでるときは何回か本当に「おいっ」と声に出してたとおもうような、そういう主人公ですが、でもその主人公から目が離せない。人が変わっていく姿が心に迫ってきます。心のベスト1かもしんないなあ。とても好きだから、でも他に読んだ人がおれと同じくらい感動してくれるかどうかわからないから、だから、人に勧めませんね。おれ一人で、いいなあと呟《つぶや》くばかりですだよ。はいはい。そうですそうです。けつのあなちっちぇーですよ。知ってますよ。はいはい。

三つめはやはり『ボクの町』ですね。もちろん続編の『駆けこみ交番』も含めてのこのシリーズは、やっぱ、いい。これを読んで、いろんなものの見方が変わりました。人間、いくつになってもいろんなことを教えられるものです。これは新米の警察官の物語だけれど、交番の中の風景をじつにきちんと描いている。交番の中にいるのは、おまわりさん、という似たような存在ばかりではなく、それぞれ妙な癖を持っている人たちであり、それぞれ野心を持っているし、仲間を持っているし、嫉妬《しっと》はするし、恋もしたがっているし、ただ料理ができるだけという特技を持っていたりする。あそこにいる人たちも、じつにふつうの人間なんだということを、あらためて深く教えられました。じゃそれまでは警官は人間だとおもってなかったのかと聞かれれば、そんなことはないけど、あまり深く想像してなかった、と答えるしかない私であります。

想像しないということは、人間の可能性をどんどん減らしていきます。小説を読むと、いままで想像できなかったエリアに対しての想像力が育《はぐく》まれて、世界が広がっていくので、そこがいいやねえ。この小説を読んで以来、どの交番の前を通っても私は必ず中をのぞきこんで、それぞれの警察官の顔をよく見るようになってしまいましたよ。この人はどういうタイプの人なんだろう、と想像して、この人たちもふつうの人間なんだよな、当たり前のことを改めて確認して、また歩き出してます。書いていて、ちょっとおかしな人であるような気がしたけど、まあ気にしないでいいでしょう。

そういえば、この小説には、火事のときは警察官は野次馬から話を聞くという描写があって、つい最近、新宿の寄席から出てきたら近くでぼやがあったみたいで、規制線のところまで近寄ると、近くの店のおやじが、しきりに煙がすごかったんだという話を聞かれもせずにしてるところで、そこへすっとおまわりさんが寄ってきて、「最初からご覧になってましたか」と聞くのをみて、ああ、『ボクの町』の世界と同じだと、しきりに感心してしまいました。なんでそんなことに感心するのかわからないんだけど、でも『ボクの町』『駆けこみ交番』を読んで、世界を見る目が少しだけ変わったのは確かです。だからってあなたが読んでも同じように変わるかどうかわかんないけどね。ヘッセの『車輪の下』のほうが影響があるかもしんないよ。

そのほかには『ニサッタ、ニサッタ』もいいよなあ、『しゃぼん玉』のまじめな男バージョンのようで、目が離せません。その後、彼は、つまり耕平くんは、元気でやってんだろうか。『ニサッタ、ニサッタ』と言えば、時代背景は違うけど、やはり『地のはてから』もはずすわけにはいかないだろう。これまた読み出したら止まらなかった一冊で、気付くとベスト3を越えて紹介していますけれど、そんなことは気にしなさんな。乃南アサの世界は広いってことですよ。

乃南アサが直木賞を取ったのは1996年の夏のことでした。『凍える牙』で受賞。直木賞や芥川賞を取ると、取った直後の記者会見とは別に、きちんとしたパーティが開かれる。まあそりゃそうですわ。1996年の上半期は、直木賞が乃南アサ、芥川賞は川上弘美が取り、その受賞パーティは8月22日、東京會舘《かいかん》で開かれた。芥川賞と直木賞合同のパーティですね。とても暑い最中のパーティです。

でね、おれ、何の関係もないのに、そのパーティに行ったんですね。

週刊文春で連載していたページの取材で、直木賞というのはあれは文藝春秋が主催ですからね、だから話を通してもらって、まあ、パーティに潜り込んだわけですよ。そのときのネタは、文春漫画賞の受賞パーティと、芥川賞直木賞の受賞パーティでは、どちらも暑い最中のパーティなのだけれど、招待客は（潜り込んでる客も含めて）どれぐらいネクタイをしているのだろう、ということを調べに行ったのだ。何でそんなことをと聞かれても答えようがないな。そこに夏のパーティがあるからだ。なんてね。とにかく夏パーティのネクタイ着用率を調べてみようとおもって、実際に行ったというわけだ。

その年の文春漫画賞の受賞者は、大学のサークルの先輩と後輩、やくみつるとけらえいこだったので、これはきちんと招待されて参加したのだけれど、芥川賞や直木賞を取る知り合いはおらず、だから、頼んで入れてもらって、つまりはまあ、勝手に潜入取材です。

筒井康隆がいて、渡辺淳一がいて、田辺聖子がいて、丸谷才一がいて、おお、さすがに有名な作家先生がたくさん来ておられるのだなあ、とすごく当たり前のことで驚きながら、ひたすらネクタイ着用数を数えました。

どうでもいいとおもうけれど、でもずっとどうでもいいような話しかしてないついでにその数値を発表しておくと、「やくみつる&けらえいこが受賞した漫画賞のパーティ」でのネクタイ着用率は77%で、「乃南アサ&川上弘美が受賞した小説賞のパーティ」でのネクタイ着用率は90%であったのだぞ。おお。

いやだから何だってことはないが。小説賞のほうには、羽織袴《はかま》の人が1人いてアロハの人も1人いて、Tシャツ姿という暑い夏には正しいけれど東京會舘的に正しいのかどうかとおもわれる格好の人は2人いましたですよ。漫画賞のほうは、Tシャツは0人だけど、アロハは1人で、ループタイのおじいさんが1人。うんうん。数字並べても何も見えてきませんね。ふふ。ただ調査人数は漫画パーティが43人で、芥川直木賞は276人です。すごい差がある。もともとパーティの規模にそういう差があるんですね。この数値をもとに、9月18日号の週刊文春に書いたのでした。「寿司と、ウニご飯と、イクラご飯、それから蕎麦《そば》にローストビーフをいただいた」と書いてある。なにやってんだかほんとに。

つまり、私は呼ばれもしないのに、乃南アサ先生の直木賞受賞パーティに忍び込んでいたわけで、いちおうネクタイはしてゆきましたが、それが十数年を経《た》ってから文庫の解説を書くことになってしまって、いや、ご縁でございますな。どんなご縁なんでしょう。つまずく石も縁の端くれと言いますから、とりあえず私めは石ということで。

その忍び込んだ芥川直木賞パーティ会場で、ネクタイしてるかどうかをメモ片手にぐるぐるまわってる最中に、大学時代の友人にあった。同じサークル、つまりは漫画研究会の同期のナカムラで、たしかいまは富山に住んでるはずなのに、こんなところにいるから驚いて、なんでここにいるの、と聞くと、ナカムラも「ホリイこそ、なんでここにいるの」と正面切って聞いてくるから、いや、その、何だよ、と意味不明にもごもご返事してると、ナカムラは「おれは、アサコとクラスが一緒だから」と乃南先生のことをアサコと呼んで親しげな話し方をするから、ほんとに友人として招待されてるようなの—

でありますした。大学の同じ語学のクラスで、とても仲が良かったということで、サークルでおれとナカムラは同期で、そのナカムラと乃南先生が同じクラスということは、ナカムラさえ消してしまえば、乃南アサと私は同期ということになる。いや、消さなくても同期か。どっちでもいいや。

でもさ、社会科学部って、おれらのころって女子がまったくいないんじゃなかったっけか、語学クラスに女子が1人もいないというのは何人かから聞いたけど、と言ったのだけど、いや、うちのクラスには、女子はいっぱいいたぜ、ポンキッキーズで有名になったアッコちゃんとか、あとミッキーのホルダーをくれた娘や、夜中に意図なく下宿にやってきて下宿中を大混乱に陥《おとし》いれた娘とか、なんだかんだと女子はクラスに8人くらいいたはずだけど、あ、アサコも入れてね、という夢のような話をナカムラくんはしだしたのでした。聞いてるだけで1979年から80年ころの早稲田界隈《かいわい》の空気が浮き立ってくるかのようで、他人事ながら、楽しい気分になりました。

というわけで、1979年の春ころに、乃南アサと私は、早稲田界隈ですれ違ってその背中を見ていたかもしれないということです。でもすれ違ってないかもしれないといえば、すれ違ってないかもしれないのですよ。何だそりゃ。

芭子と綾香のお話は、まだ続くのである。まだまだ楽しみだ。なんて、ちょっととってつけすぎですね。すいません。ウニご飯、おいしゅうございました。イクラご飯、おいしゅうございました。ありがとうございました。

（平成二十四年十月、コラムニスト）

この作品は平成二十二年四月新潮社より刊行された。

すれ違《ちが》う背《せ》中《なか》を

新潮文庫　の－8－62

平成二十四年十二月　一　日　発　行

著者　乃《の》南《なみ》アサ

発行者　佐藤隆信

発行所　株式会社　新潮社

郵便番号　一六二－八七一一
東京都新宿区矢来町七一
電話　編集部(〇三)三二六六－五四四〇
　　　読者係(〇三)三二六六－五一一一
http://www.shinchosha.co.jp

価格はカバーに表示してあります。

乱丁・落丁本は、ご面倒ですが小社読者係宛ご送付ください。送料小社負担にてお取替えいたします。

印刷・大日本印刷株式会社　製本・加藤製本株式会社

ISBN978-4-10-142551-1　C0193